グリム童話の旅

グリム兄弟とめぐるドイツ

小林 将輝

小澤昔ばなし研究所

ドイツメルヒェン街道
Bremen
ブレーメン
ブレーメンの町楽隊
Weser
ヴェーザー川
ヘンゼルとグレーテル
Hameln
ハーメルン
Bodenwerder
ボーデンヴェルダー
がちょう番のむすめ
Trendelburg
トレンデルブルク
Sababurg
ザバブルク
Göttingen
ゲッティンゲン
Kassel
カッセル
いばら姫
Schwalmstadt
シュヴァルムシュタット
赤ずきん
Marburg
マールブルク
Willingshausen
ヴィリングスハウゼン
Steinau
シュタイナウ
Hanau
ハーナウ
ラプンツェル

グリム童話の旅

グリム兄弟とめぐるドイツ

もくじ

メルヒェン街道とは…

ドイツ語でFerienstraße（休暇街道）と呼ばれる観光街道は、現在ドイツで100を超えるという。メルヒェン街道はその観光街道のひとつで、グリム兄弟が生まれた町ハーナウから、ドイツ北部の町ブレーメンまでの約600㎞を結ぶ街道として1975年に成立した。ルート上にはシュタイナウ、カッセル、マールブルクなどグリム兄弟ゆかりの町や、ハーメルンやシュヴァルムシュタット、また古城トレンデルブルクなど、メルヒェンや伝説と関わりの深い町が並ぶ。

はじめに

グリム童話とグリム兄弟

『グリム童話集』といえば、「白雪姫」「灰かぶり」「いばら姫」「赤ずきん」などよく知られているお話がたくさん収められている有名なメルヒェン集だ。グリム兄弟はせっせとお話を集めて、1812年にこの本を出版した。それ以来、このメルヒェン集は「グリム童話」と呼ばれ、世界中の子どもたちに愛されている。ところで、このメルヒェン集を編纂したグリム兄弟とは、どんな人たちだったのだろうか。また、『グリム童話集』とはどのような特徴があるのだろうか。グリム兄弟の足跡を追う旅に出る前に、基本的なことを押さえておこう。

エリザベス・イェリカウ−バウマンによる兄弟の肖像画。右が兄のヤーコプ、左が弟のヴィルヘルム。

世界中で読まれるグリム童話

『グリム童話集』には誰もが知っているお話がたくさん収められている。このメルヒェン集はとても人気があり、出版以来、160もの言語に翻訳され、ドイツ語では聖書に次いで翻訳された本となったという。

翻訳が多いということは、世界中で読まれているということだ。また、誰でも気軽に読める内容であることから、大人でも子どもでも、男性でも女性でも、あらゆる社会的立場にある人たちでも、グリム童話は知っているということになる。そう考えてみると、グリム童話は国の枠を超えた普遍的な文学といえるだろう。

しかし、グリム童話はどうしてそれほど人気があるのだろうか。小人が現れ、かえるが喋り、魔法の鏡やお菓子の家が登場する不思議なファンタジーのせいだろうか。それとも、何かを捜し求めて旅を続けるひたむきな主人公たちのせいだろうか。あるいは、のんびりと暮らす登場人物たちの素朴な生活のありようだろうか。もしくは、物語に流れている心地よい独特のリズムのせいだろうか。

グリム兄弟のレリーフ。シュタイナウのお城の博物館入口に掲げられている。

どんな理由があるにせよ、私たちはこのメルヒェン集にたいへん親しんでいる。これまでこのメルヒェン集は、様々な形で出版され、多くの美しい挿絵もそれに添えられてきた。そして今では、種々の絵本や動画作品にもなって私たちの目を楽しませている。また、そのお話の題材や個々のモチーフは実にいろいろな形で現代のメディアの中で用いられ、日々、様々な形でその痕跡を見い出すことができるのである。

学者としてのグリム兄弟

この『グリム童話集』を世に出したのはグリム兄弟と呼ばれる、兄のヤーコプ・グリムと弟のヴィルヘルム・グリムの二人である。ちなみにグリム家では、他にも3人の男の子と一人の女の子が成人している。ヤーコプとヴィルヘルムはその兄弟姉妹の長男と次男である。

有名なメルヒェン集の影であまり知られていないが、ドイツの学問にあたえた影響から見ると兄弟はたいへん重要な人物である。二人はゲルマン系の古い文学や言語の研究を通じてこの分野の学問の基礎を作り、また、法学や神話学などでも大きな業績を残している。特に大きな仕事は『ドイツ語辞典』の編纂で、この辞典は兄弟の存命中には完成しなかったため、後進の研究者が引き継ぎ、第2次世界大戦後に完成させたものである。

グリム兄弟の経歴について簡単に述べると、二人はヘッセン国の町ハーナウで役人の家の子として生まれた。続いて少年時代をシュタイナウという小さな町で過ごした後、高等中学時代は国の首都カッセルで勤勉に学び、大学はマールブルク大学法学部に進学した。大学では恩師となるサヴィニーとの出会いがあり、充実した大学生活を送る。この頃から次第にドイツの古い文学へと関心を抱くようになり、カッセルに戻ってからも研究を続けた。図書館司書として長く勤めたが、ゲッティンゲンへ移って大学教授となり、最後はベルリンで王立学士院の会員として大学で講義を持ち、研究をしながら、晩年を過ごした。

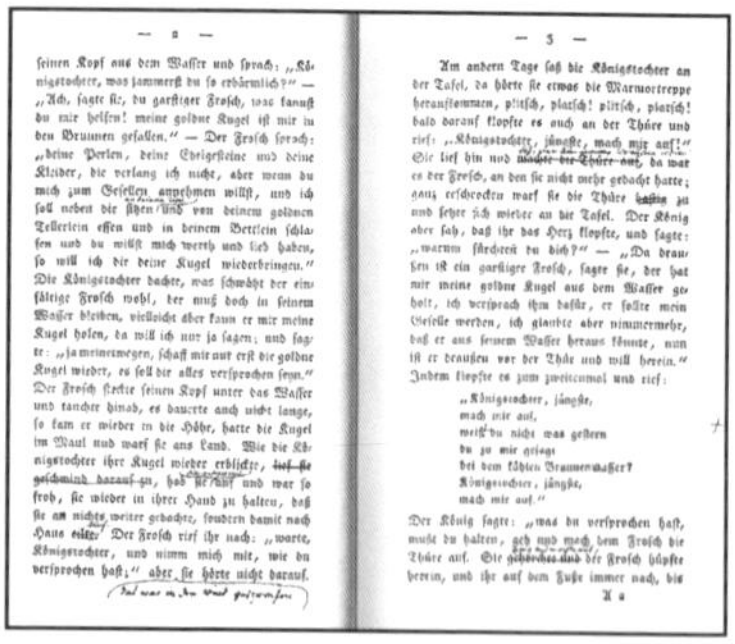

— 2 —

seinen Kopf aus dem Wasser und sprach: „Königstochter, was jammerst du so erbärmlich?" — „Ach, sagte sie, du garstiger Frosch, was kannst du mir helfen! meine goldne Kugel ist mir in den Brunnen gefallen." — Der Frosch sprach: „deine Perlen, deine Edelgesteine und deine Kleider, die verlang ich nicht, aber wenn du mich zum Gesellen annehmen willst, und ich soll neben dir sitzen und von deinem goldnen Tellerlein essen und in deinem Bettlein schlafen und du willst mich werth und lieb haben, so will ich dir deine Kugel wiederbringen." Die Königstochter dachte, was schwätzt der einfältige Frosch wohl, der muß doch in seinem Wasser bleiben, vielleicht aber kann er mir meine Kugel holen, da will ich nur ja sagen; und sagte: „ja meinetwegen, schaff mir nur erst die goldne Kugel wieder, es soll dir alles versprochen seyn." Der Frosch steckte seinen Kopf unter das Wasser und tauchte hinab, es dauerte auch nicht lange, so kam er wieder in die Höhe, hatte die Kugel im Maul und warf sie ans Land. Wie die Königstochter ihre Kugel wieder erblickte, lief sie geschwind darauf zu, hob sie auf und war so froh, sie wieder in ihrer Hand zu halten, daß sie an nichts weiter gedachte, sondern damit nach Haus eilte. Der Frosch rief ihr nach: „warte, Königstochter, und nimm mich mit, wie du versprochen hast;" aber sie hörte nicht darauf.

— 3 —

Am andern Tage saß die Königstochter an der Tafel, da hörte sie etwas die Marmortreppe heraufkommen, plitsch, platsch! plitsch, platsch! bald darauf klopfte es auch an der Thüre und rief: „Königstochter, jüngste, mach mir auf!" Sie lief hin und machte die Thüre auf, da war es der Frosch, an den sie nicht mehr gedacht hatte; ganz erschrocken warf sie die Thüre hastig zu und setzte sich wieder an die Tafel. Der König aber sah, daß ihr das Herz klopfte, und sagte: „warum fürchtest du dich?" — „Da draußen ist ein garstiger Frosch, sagte sie, der hat mir meine goldne Kugel aus dem Wasser geholt, ich versprach ihm dafür, er sollte mein Geselle werden, ich glaubte aber nimmermehr, daß er aus seinem Wasser heraus könnte, nun ist er draußen vor der Thür und will herein." Indem klopfte es zum zweitenmal und rief:

„Königstochter, jüngste,
mach mir auf,
weißt du nicht was gestern
du zu mir gesagt
bei dem kühlen Brunnenwasser?
Königstochter, jüngste,
mach mir auf."

Der König sagte: „was du versprochen hast, mußt du halten, geh und mach dem Frosch die Thüre auf. Sie gehorchte und der Frosch hüpfte herein, und ihr auf dem Fuße immer nach, bis

A 2

この校正用蔵書は今は復刻版が出ていて、研究者が版の変遷の分析のために利用している。例えば上の「かえるの王さま」では、「君の隣に座り」が「君のテーブルで君の隣に座り」になっているなど、ところどころに手が入れられている。

読むためのメルヒェン

『グリム童話集』は、グリム兄弟がカッセルにいた1812年に第1巻が出版された。最終版となった57年の第7版には201話のメルヒェンが収められている。ちなみに兄弟がコメントを書き入れた校正用の蔵書は2005年にユネスコの世界記録遺産に認定されている。

この本の正式名称は『グリム兄弟によって集められた 子どもと家庭のメルヒェン集』であり、その名の通り、グリム童話は基本的には兄弟が集めたメルヒェン集である。この点で、創作童話であるアンデルセン童話などとは異なる。兄弟は1806年頃に、知り合いの語り手たちからお話を聞き、記録をしはじめた。そして同時に古い本からも話を探しており、その結果、全体の2割が本から採用した話となった。

そして、集めたメルヒェンは、グリム兄弟によって文体が整えられた。その意味では、グリム童話は「生の民間伝承」というわけではなく、本に書かれた読むためのメルヒェンである。

グリム兄弟　年表

1785年　ヤーコプ・グリム、ヘッセン国の町ハーナウに生まれる。

1786年　ヴィルヘルム・グリム、同町に生まれる。

1791年　一家そろってシュタイナウに移り住む。

1796年　父フィリップ死去。

1798年　ヘッセン国の首都カッセルのギムナジウム（高等中学校）に入学。家族と離れ、兄弟二人で暮らす。

1802年　ヤーコプ、マールブルク大学法学部へ入学。

1803年　ヴィルヘルム、同大学同学部へ入学。兄弟ともにサヴィニーのもとで学ぶ。

1805年　ヤーコプ、サヴィニーの助手としてパリへ。同年帰国。家族と一緒にカッセルに住む。

1806年　ヤーコプ、陸軍省秘書課に勤める。ヴィルヘルム、法学の試験を終え、カッセルの家族のもとへ。フランス軍によるヘッセン国の占領。ヤーコプの職場は食糧補給委員会に代わる。

1807年　ヤーコプ、食糧補給委員会を退職。ナポレオンの弟ジェロームがカッセルに王として滞在。

1808年　母ドロテーア死去。ヤーコプ、ジェロームの私設図書館司書に。

1812年　『子どもと家庭のメルヒェン集』初版第1巻発売。

1813年　ヘッセン国復活。ヤーコプ、公使館秘書に。

1814年　ヴィルヘルム、図書館司書になる。

1815年　『子どもと家庭のメルヒェン集』初版第2巻発売。

1816年　ヤーコプも図書館司書になる。

1829年　ハノーファー王国ゲッティンゲンへ。ヤーコプは大学教授兼司書に、ヴィルヘルムは司書、後に助教授を兼任する。

1837年　「七教授事件」によって二人とも大学から解雇され、カッセルへ戻る。

1838年　『ドイツ語辞典』の編纂に取り掛かる。

1840年　プロイセン王国首都ベルリンに招聘。学士院の正会員、大学教授になる。

1857年　『子どもと家庭のメルヒェン集』第7版（決定版）発表。

1859年　ヴィルヘルム死去（73歳）。

1863年　ヤーコプ死去（78歳）。

ハーナウ
HANAU

ハーナウはグリム兄弟が生まれた記念すべき町だ。兄弟が小さい頃に一家は別の町に引っ越してしまうが、町の広場に建つ有名な兄弟の像は、今なお彼らの存在を強くアピールしている。

グリム兄弟が生まれた町

グリム兄弟はここで生まれた

旅の出発地ハーナウは、メルヒェン街道の南端に位置している。フランクフルトからほど近い、電車で20分ほどの距離にある中規模の町である。

この町でグリム兄弟の兄ヤーコプ・グリムが1785年に、弟ヴィルヘルム・グリムが1786年に生まれている。

それを記念して、町の広場には兄弟の銅像が1896年に建てられた（❶）。ジィーリウス・エバールレ作のこの銅像は、ガイドブックなどに必ず登場するたいへん有名な銅像である。立っているのが兄で、座っているのは病弱だった弟である。

▶兄弟が生まれた家があったアム・フライハイツプラッツには現在は別の家が建っている。その家の壁にはグリム一家が住んでいたことを説明する案内板が掛けられている。

▶右：ハーナウの市庁舎前広場に建つグリム兄弟の銅像。日曜日になるとこの広場には市が立ち、賑わう。

幼年時代と伯母の思い出

グリム一家はハーナウでは2軒の家に住んでいる。最初の家はパラーデプラッツ（現アム・フライハイツプラッツ1番地）にあった家である（❷）。ヤーコプが生まれて数年で一家は引っ越してしまうので、兄弟にはこの家の記憶がほとんど無い。また、第2次大戦中の爆撃で破壊されてしまっており、現存していない。戦後同じ場所に新しく建てられた家の壁に、かつてここに兄弟が生まれた家があったことを示す案内板を見ることができる。またはす向かいには石碑もあって、この生家の場所を際立たせている。

一家が移り住んだ家はランゲガッセ（現ラングシュトラーセ）41番地の家である（❸）。ここでは弟のカール、フェルディナント、ルートヴィヒの3人が生まれている。この家も戦時中に破壊され、現存していない。

このランゲガッセの家については、ヤーコプはよく覚えていて、街の様子、家の間取りや隣人、母親にストーブの傍らで着替えさせてもらったことなど、後に述懐している。

この時期の兄弟にとって重要な人物は「聡明で善意に満ちた」父の姉、シュレンマー伯母さんだろう。伯母さんは兄弟に初めてアルファベットを教えてくれた人である。彼女の元で兄弟は早くに読み書きを覚えた。

シュタイナウ

STEINAU AN DER STRAßE

父親の転勤で一家はこの町にやってくる。自然豊かなこの小さな町で家族と共に暮らした幸せな時代を、伝記作家たちは「少年時代の楽園」と称している。

少年時代の楽園

父の転勤でシュタイナウへ

ハーナウから電車ではRE（レギオナルエクスプレス）、車だとアウトバーンを利用すれば、いずれも30分ほどでシュタイナウに到着する。のんびりとした小さな町である。

父フィリップは、生まれ故郷でもあるこの町の領地主務官に任命され、1791年1月に一家で移ってきた。ヤーコプは6歳、ヴィルヘルムは5歳になる頃であった。

町の顔ともいえるシュタイナウ城は、堀も跳ね橋もあって、町の規模の割には立派なお城だ（❶）。中にはグリム兄弟に関する展示と世界の人形劇の展示も

▶右：一家が住んだ官舎。この町ではとても大きな建物である。現在は「グリム兄弟の家」博物館となり、一家の生活や歴史がわかる常設展示がある。

「グリム兄弟の家」博物館
"Brüder Grimm-Haus"
開館：10:00-17:00　※年末年始は要確認
住所：Brüder-Grimm-Straße 80
36396 Steinau an der Straße
電話：(0 66 63) 76 05
WEB：http://www.brueder-grimm-haus.de/

ある。城の塔に登ると町が一望できるので登ってみよう。

城の脇には町の中心となる広場があり、グリムのメルヒェンをモチーフにした泉がある(❷)。市庁舎、カタリーナ教会などに加え、マガーズッペ家による人形劇団「ホルツケッペ」が運営するマリオネット劇場もあるので覗いてみたい(❸)。

この広場を少し下ると、一家が暮らした家がある。父がこの地域の行政と裁判を行った役所であると同時に、一家が暮らした住居でもあった(❹)。

建物正面の中央部に突き出た塔がある立派な建物で、広い庭や厩舎もある。家の裏手には美しいキンツィヒ川が流れ、その向こうには草原が広がる。

自然に恵まれた田舎町

この自然豊かな町で、兄弟はのびのびと育つ。二人は春にはツバメの巣を観察し、夏にはキンツィヒ川で水車を作って遊んだ。秋になるとどんぐりを並べて兵隊ごっこをし、冬には雪だまで的あてをした。きれいな石を拾って集めるのが仲間内で流行ったこともある。母に連れられて一家所有の大きな庭園へ行き、そこで遊ぶのも楽しみだった。おそらく兄弟がいた頃とほとんど変わっていないだろう町をのんびりと歩きながら、彼らはこのあたりで、いやあのあたりで駆けまわっていたのではないかと想像するのも楽しい。

▶"クネーデル"とよばれるじゃがいもをこねて団子にしたもの。ドイツの伝統料理のひとつでレストラン「ローゼンガルテン」でも出てくる。

▶一家の家の裏手に流れるキンツィヒ川。兄弟はこの川辺でもよく遊んだ。脇に広がる草原は、今は住民の散歩道となっている。

兄弟は遊びだけではなく、勉強にも熱心だった。この町の子どもたちの教育を担っていた老家庭教師は、機嫌が悪いと鞭で子どもたちを打つような人だった。しかし、末弟ルートヴィヒの思い出によると、先生の怒りを買ったのは、もっぱらルートヴィヒ自身といたずら者の三男カールで、上の二人の兄、つまりヤーコプとヴィルヘルムは打たれることはなかったという。当時から優等生だったのだ。

勉強を終え、家に帰ると食事となる。グリム家はカルヴァン派のプロテスタントで、家にはその精神が根付いており、食事の前にはお祈りを欠かさなかった。また、日曜日になると晴着を来て、教会のミサに行った。

父フィリップの死・引越し

父フィリップは、家族思いの優しい父だった。子煩悩で、特にこの地で生まれた末娘のロッテをかわいがった。友人たちも多く、家には人がよく出入りをしていた。

その父が1796年に突然、亡くなった。この死は一家に大きな影響を与えることになる。

まず、あの大きな家からは引っ越さなくてはならなかった。一家は、同じ通りを少し下ったところにある「フッテン・シュピタール」と呼ばれる家に移った(❺)。この家は現在はレストラン「ローゼンガルテン」になっており、ブリューダー・グ重ねていただきました素晴らしい回想を綴られたお手紙に対して、まことに謹んで感謝の気持ちを申し上げます。あなたは私に、どれほど格別に多くの愛情をお示しになりましたでしょうか。それを、いつも私は嬉しく思っております。私にとって最高の方である伯母さま、このたび私は、父親を亡くした５人の兄弟姉妹たちとともに、あなたとあなたの愛情、御配慮に心より感謝の言葉を述べたいと思います。･･･

▶ヤーコプが伯母ヘンリエッテ・ツィンマーに宛てた手紙（１７９６年１月）。ヘンリエッテは兄弟をカッセルに呼び寄せた人である。

リム通り８４番地にある。その後一家はブリュッケントアー通り７番地にある「アルテ・ケラーライ」の２階を購入し、そちらに引き移った（❻）。あのシュレンマー伯母さんも一家とともにシュタイナウに移っていたが、弟の後を追うようにフィリップの死の一年後に亡くなった。

▶上：父の死後、一家が２階部分を購入した「アルテ・ケラーライ」。壁に一家が住んでいたことを示すプレートがかかっている。
▶下：シュタイナウ城。高い塔と広い中庭を持つなかなか立派な城。中ではグリム兄弟の展示と世界の人形劇の展示を見ることができる。

長男・次男の重責

父が死んだことで、長男のヤーコプ、そして次男のヴィルヘルムに一家の責任がのしかかることになった。

一家を心配して伯母ヘンリエッテが手紙を書いてきたが、それにヤーコプは返礼を出している（上）。当時１１歳の少年が書いたとは思えない、非常に繊細な文章で驚かされるものである。この時、兄弟の幸福な時代は終わりを告げたといえる。

１年がすぎ、今度は別の問題が生じた。兄弟が続けて勉強するための進学先が、シュタイナウのような小さな町には無かったのである。

カッセル
KASSEL

グリム兄弟は進学のため、二人きりで初めてこのヘッセン国の首都へやってきた。その後も運命は兄弟をこの町に二度呼び戻す。また、メルヒェンの聞き書きを始めた場所でもある。

三度暮らした故国の首都

伯母の助力でカッセルへ

進学を望んでいた兄弟に手を差し伸べたのは、伯母のヘンリエッテであった。彼女はカッセルの宮廷で女官をしていた人物で、グリム兄弟をカッセルに呼び寄せた。

こうして兄弟は1798年、愛する母と家族の元から離れ、たった二人でカッセルへやってきた。そしてヘンリエッテが紹介してくれた宮廷コックの家に下宿することになる。

当時のカッセルはヘッセン国の首都であり、ヴィルヘルムⅣ世の統治のもとで栄えた都市であった。文豪ゲーテもドイツ文化の中心と認めた町である。

▶ヴィルヘルムスヘーエ丘陵庭園より眺める現在のカッセル市街（右）。広大な庭園の頂上にはヘラクレス城があり（左）、そこから水が流れる。水はカスカーデンと呼ばれる階段上の水路を通って、宮殿の前で噴水となる。宮殿の背後には市内をまっすぐに貫く、壮麗なヴィルヘルムスヘーエ・アレーが伸びている。この庭園は2013年に世界遺産に登録された。

フリデリチアヌム学校に入学

二人が入学したのは、フリデリチアヌム高等中学校である。この学校は第2次大戦の爆撃によって破壊され、現在はその場所にそれがあったことを示す碑が建っている（❶）。

兄弟は入学にあたって、学力をはかる試験を受けなければならなかった。兄弟が幼い頃から目をかけてくれていた祖父ヨハンは、二人が良いクラスに入れるか心配をして、手紙を書いている。しかし結果は期待を大いに裏切った。彼らの年齢からすると一級低いクラスに入れられてしまうのである。

——で、校長のもとで行われたクラス分け試験の結果はどうだったかな？　私はとても気になっている。（祖父ヨハンの手紙より）

兄弟はこれにめげずに猛勉強をはじめた。教え方が下手だったり、田舎出身の兄弟を差別したりする先生もいたが、毎日きっちり6時間の授業を受けた。加えて家庭教師のもとでさらに4時間の勉強もしたのである。

「一つのベッドと一つの小さな部屋が私たちを迎えてくれた。そこで、私たちは一つの同じ机に座って勉強をした」とヤーコプは、弟と二人で過ごしたこの時代を後に回想している。

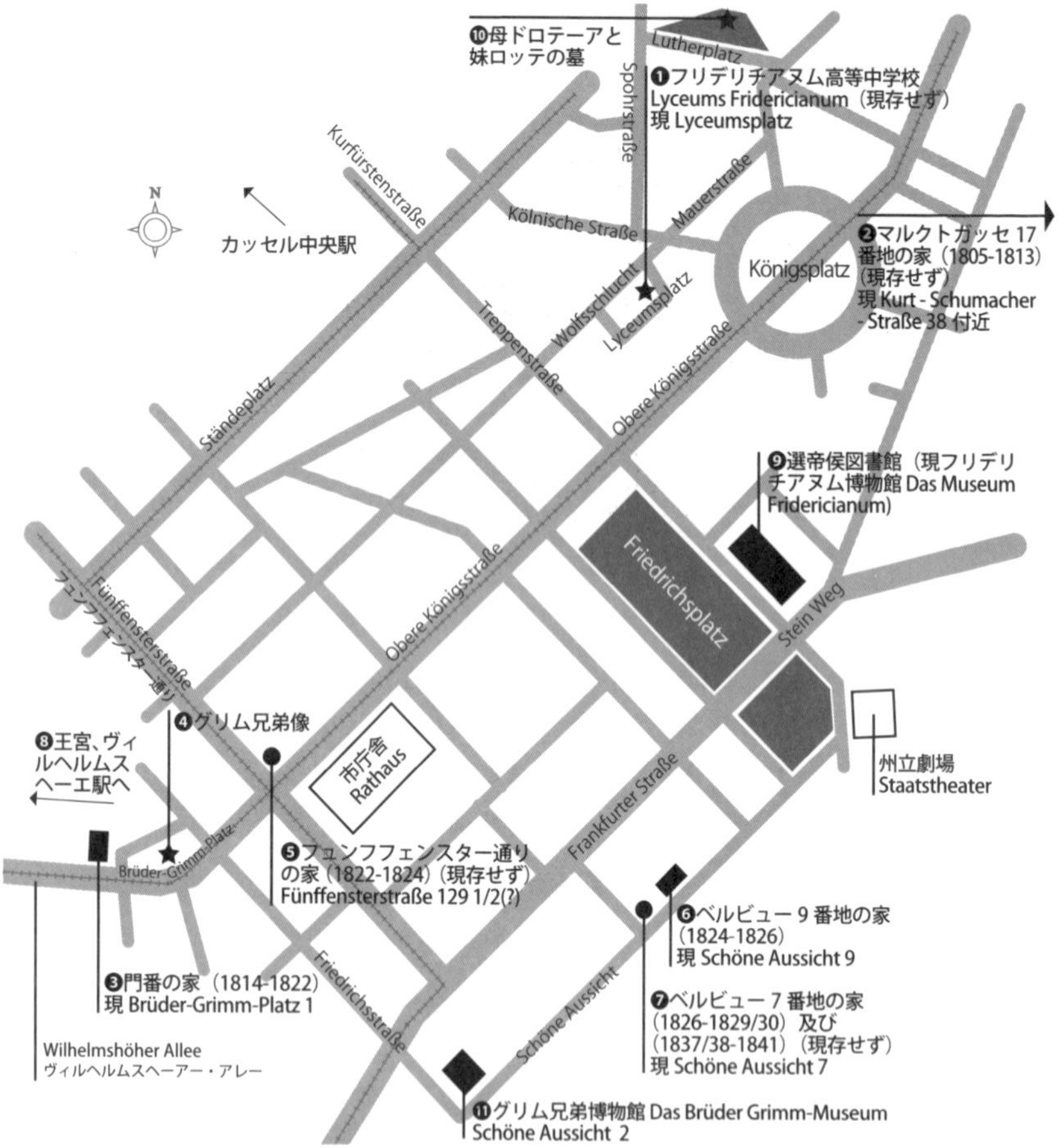

飛び級をして卒業

休みになると、二人はごみごみした町から郊外に出て、散歩や得意のスケッチをして気晴らしをしたが、基本は勉強中心の生活だった。

弟のヴィルヘルムはこの頃からひどい喘息に苦しむことになる。勉強漬けの日々は、元来病弱な彼には大きな負担となったのである。

この猛勉強の成果はすぐに表れ、兄弟は各学年でトップの成績を修めた。そして飛び級までして、兄が1802年、弟がその翌年に本来より早く卒業した。そして、大学に入学するためにマールブルクへ移っている。

▶門番の家の横の小さな広場にたたずむグリム兄弟の像。彫刻家エリカ・マリア・ヴィーガント作。

▶ヴィルヘルムスヘーアー・アレーの入り口にある「門番の家」。一家は1814年から22年まで住んだ。

再びカッセルへ

マールブルクで学生生活を送った後、兄弟は再びこの町に戻ってくる。兄ヤーコプはパリから帰国した１８０５年、弟ヴィルヘルムは大学を卒業した１８０６年のことである。家族もシュタイナウから引っ越してきており、一家はそろってこの町に居を構えた。二人は１８２９年末までの長きに渡りこの町で暮らすことになる。

カッセルは、第２次大戦中の爆撃によって大部分が破壊されたため、グリム一家が住んだ家も残っていないものが多い。

まず一家が最初に住んだマルクトガッセ１７番地の家は今はない（❷）。この家の隣には太陽薬局があり、そこに住むヴィルト家の娘たちは兄弟にメルヒェンを多く語ったことで知られる。１８１４年から住んだのは、ヴィルヘルムスヘーアー・アレーの入り口にある「門番の家」である（❸）。この立派な建物は今でも残っている。また、すぐ脇の広場には優しげなグリム兄弟像が置かれている（❹）。続けて１８２２―２４年にはフュンフフェンスター通りの家（❺・現存せず）、１８２４―２６年はベルビュー９番地の家（❻・現存。家に銘板がついている）、そして最後に１８２６―２９／３０年まで住んだベルビュー７番地の家である（❼・現存せず）。

▶カッセルの市庁舎。

就職・フランス軍の占領

ヤーコプは、長男として一家を養わなくてはならなかった。そこでまず、カッセルの地でヘッセン国・陸軍省秘書課の職を得た。1806年、21歳の頃である。しかし同年、予想外の出来事が祖国を襲う。ヘッセン国はナポレオン率いるフランス軍によって占領され、ヴェストファーレン王国の一部になってしまうのである。カッセルにはナポレオンの弟ジェロームがやってきて、フランス式の社会体制が持ち込まれることになる。

それに伴ってヤーコプの職場は食糧補給委員会になったが、翌年の1807年には辞めてしまう。ヴィルヘルムも就職ができず、しばらく一家は収入のあてがない時期が続いた。1808年になると愛する母も亡くなり、一家にとっては本当に不幸な時代となった。ヤーコプが再就職するのは、王の私設図書館員として王宮（❽）で働く、同年の夏からである。以後、グリム家は収入を得るようになって、生活は安定した。

その後、フランス軍が撤退すると、復活したヘッセン国でまず公使館秘書となり、そして1816年から図書館の司書となった。ヴィルヘルムはすでにその2年前から図書館勤めであり、職場は選帝侯図書館（❾・現フリデリチアヌム博物館）で、兄弟は研究に専念できた。

ブレンターノからアルニムへの手紙
(1807年10月19日)
…というのは、ここに二人のとても愛すべき友人、愛すべき古いドイツ語に精通しているグリムという友人がいます。僕がかつて彼らに古い文学に興味を起こさせたのですが、彼らは、二年に渡る長く、勤勉で徹底した勉強の後、とても学識があるようになって、また記録したメモや経験を豊富に持ち、ロマン的文学全体に対するきわめて多様なものの見方を豊かに持つようになっていて、僕はそんな彼らを再び見い出したのです。

▶ブレンターノが、友人であり『少年の魔法の角笛』の共同編集者であるアルニムに、協力してくれているグリム兄弟について報告した手紙。兄弟の仕事ぶりに満足している様子が伝わってくる。

ブレンターノからサヴィニーへの手紙
(1806年3月22日)
…図書館で古い歌が無いか探してくれて、そしてそれを私のために写してくれる知り合いなど、カッセルにいませんか。お願いしたいのは、カッセルの図書館で、有名なドイツの叙事詩の写本以外に、例えば世俗的な中身を持つ手書きの詩、あるいは1400年から1600年の間にたくさん印刷された、世俗的な歌詞を持つ歌謡集などがあるのかということと、それらはなんと言う本なのかということです。…

▶ブレンターノがサヴィニーに古い民謡を探してくれる人がいないかと尋ねた手紙。サヴィニーはその話をヤーコプに持ちかけ、グリム兄弟が『少年の魔法の角笛』を手伝うことになった。

『グリム童話集』の誕生

カッセルは兄弟がメルヒェンの収集を本格的にはじめた場所でもあった。1806年の頃だ。

大学の恩師サヴィニーを介して知り合ったブレンターノやアルニムは、当時『少年の魔法の角笛』という民謡集を発表していたが、その第2巻への資料提供に兄弟は協力した。このとき民謡に加え、兄弟は古い文学、すなわち伝説やメルヒェンなども集めはじめたのである。

こうした資料を、兄弟は古い文献から集めていたが、身近な人からも聞き取りをして集めるようになった。隣家の太陽薬局のヴィルト家の娘たちが、最初のメルヒェン提供者となる。この家では「ヘンゼルとグレーテル」などの話が語られている。娘の一人、ドルトヒェンは後にヴィルヘルムの妻となっている(ちなみにヤーコプは生涯独身だった)。収集対象は広がり、やがてハッセンプフルーク家の娘たちやハクストハウゼン家の人々からも話を聞いた。こうして『子どもと家庭のメルヒェン集』通称『グリム童話集』の初版第1巻が、1812年のクリスマスに出版された。

その後さらに兄弟は町の郊外に住むフィーマンという重要な語り手と知り合い、多くのメルヒェンを聞き書きした。そうして1815年に初版第2巻が出版されたのである。

▶グリム兄弟博物館。この博物館では、1812年に出版された『グリム童話集』初版本や、ヘッセン国の名門ハッセンプフルーク家に嫁いだ末妹ロッテによって保存された、グリム兄弟が実際に使用していた家具など、貴重な資料を見ることができる。

グリム兄弟博物館
"Das Brüder Grimm-Museum"
開館：10:00-17:00（水のみ20:00まで）
月曜日休館。
住所：Schöne Aussicht 2
34117 Kassel
電話：(0561) 787 2033
WEB：http://www.grimms.de/

三度カッセルへ

1829年、グリム兄弟は、長く勤めたにもかかわらず、図書館長のポストを巡る人事で顧みられることはなかった。そのため、ゲッティンゲン大学の呼びかけに応じて、カッセルを離れることになる。

しかし、そのゲッティンゲンでは8年もすると、所謂「七教授事件」（後述）によって、退去を余儀なくされる。1837年にヤーコプが、翌年にヴィルヘルムが、再びカッセルに戻ってくることになった。そうしてカッセルを離れた時の家ベルビュー7番地—今や末弟ルートヴィヒが住んでいたが—に再び住家を求めた。

この後、3年ほどで兄弟はベルリンに移ってしまうが、このカッセルに滞在した第3期には『ドイツ語辞典』の編纂が始まるなど、研究活動の上でも重要な時期となった。

カッセルはグリムの家族が長く暮らした町である。母ドロテーア、末の妹ロッテらが眠る墓もある（⑩）。この町との繋がりは大変深いといえるだろう。

▼コラム

メルヒェンの語り手の生家
フィーマンとクナルヒュッテ

カッセルからアウトバーン49号をマールブルク方面に向かうとすぐに、左手にビール醸造所クナルヒュッテが見えてくる。そこは、「メルヒェンおばさん」ドロテーア・フィーマンの生まれ育ったところだ。

フィーマンは結婚後、ツヴェーレン（現ニーダーツヴェールン）という村に住み、カッセルの町へ野菜の行商に来ていた。そして、荷が空になるとグリム兄弟の家に寄ってメルヒェンを語った。初版第1巻出版後の1813年の頃である。

兄弟はフィーマンの語りをとても評価していて、初版第2巻の序文に「そういった好ましい偶然のひとつは、カッセル近郊の村ツヴェールン出身のある農婦と知り合ったことだった」と述べている。こうして彼女が語った「忠実なヨハネス」「がちょう番のむすめ」「ものしり博士」など、多くの話が1815年に出た初版第2巻に採用された。

▶フィーマンの語りはとても達者で、「最初は自由に、そして頼まれると、もう一度ゆっくりと語ってくれました。そうして、少し練習すれば書きとめることができるようになりました」と兄弟は伝えている。

▶クナルヒュッテの自家製のビールは、ここで直接買うことができ、併設されたレストランやビアガーデンでも飲める。定期的にフィーマンに扮した語り手によるお話会も開かれている。

クナルヒュッテ醸造所 *"Brauhaus Knallhütte"*

住所：Knallhütte, 34225 Baunatal
電話：(0561) 492076
WEB：http://www.knallhuette.de/

マールブルク

MARBURG AN DER LAHN

グリム兄弟はこの町の大学に進学した。ここで兄弟は大学生として青春を謳歌し、尊敬する教師と出会い、また生涯携わることになるドイツの古い文学や学問に目を開かれていく。

マールブルク大学法学部へ

1802年、ヤーコプはマールブルク大学法学部に入学した。ヴィルヘルムはその翌年入学し、この町にやってきた。

カッセルから南西へ1時間も車を走らせると、次第になだらかな丘陵地帯が開けてくる。ヘッセン特有の童話の世界のような風景だ。遠くに目をやると、山の上にぽつりとお城が建っているのが見えてくる。その城をぐるりと取り囲むように家々がひしめきあっている。マールブルクだ。この町は、かつてヘッセン国の行政と司法を司る都市として、カッセルと競うように栄えた町である。

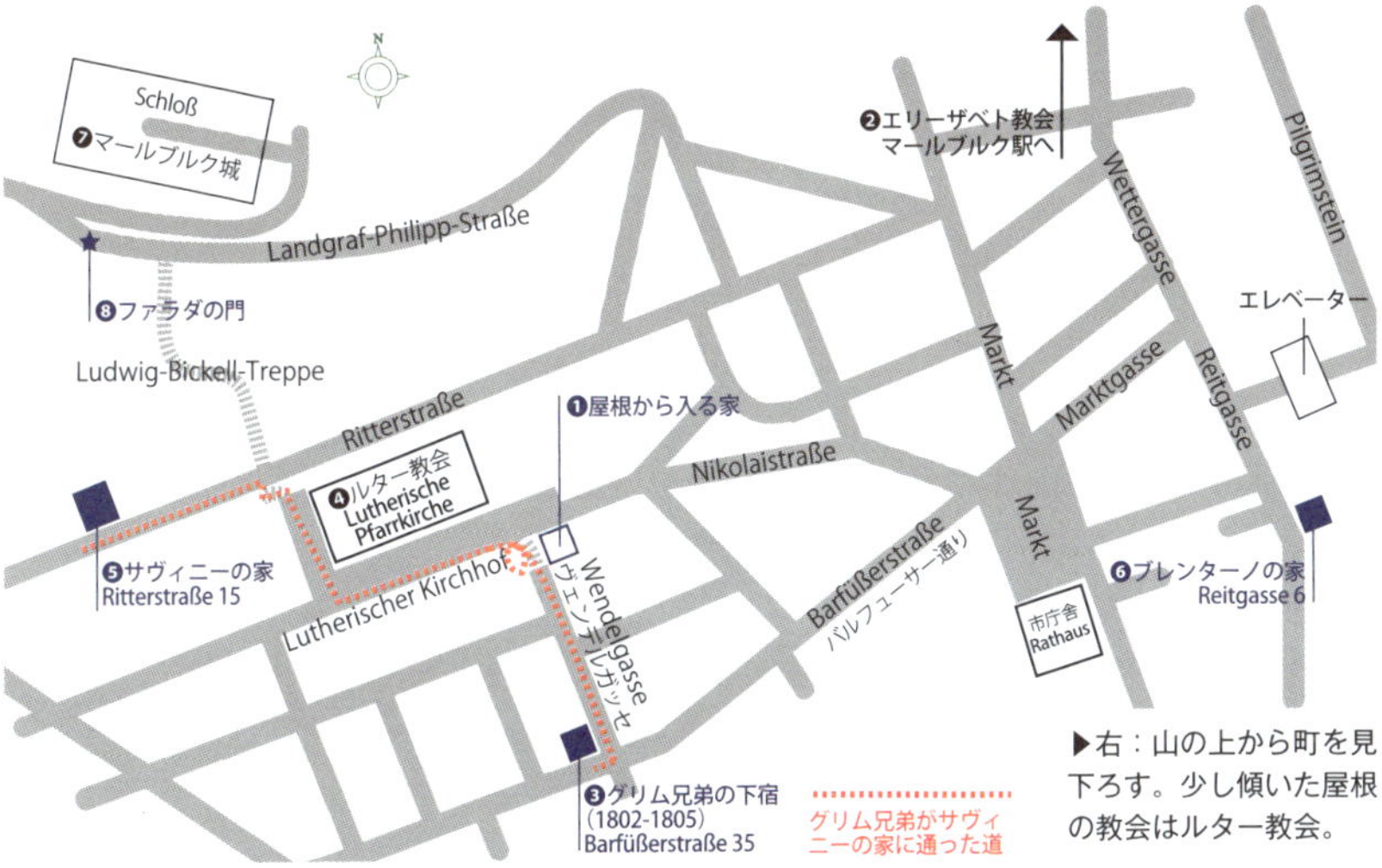

▶右：山の上から町を見下ろす。少し傾いた屋根の教会はルター教会。

この丘陵の町をヤーコプはあまり気に入らなかったようだ。階段だらけで屋根から入る家もある（❶）、とカッセルの学友に不満げに手紙を書いている。しかし、町のシンボルであるエリーザベト教会（❷）は「巨匠の作品」と絶賛している。ヤーコプはゴシック愛好家でもあったのである。

また、ヤーコプが先に入学したため、兄弟はここで初めて離れ離れになることを経験した。「いつも一つの部屋で暮らし、一つのベッドで寝ていた弟との別れは堪えた」とヤーコプは述べている。

——それは自由と活気であると同時に、節度と落着きであって、それが私をあれほど引きつけ、しっかりと捉えたのであった。（ヴィルヘルムのサヴィニー評）

サヴィニーとの出会い

マールブルク大学では、兄弟は法学部に入学する。父が法律の仕事をしていたためで、この時点では二人とも卒業したら弁護士か裁判官になることを考えていたようだ。

父親がいない一家を支えるために、早く一人前になろうと、兄弟はここでも猛勉強をするが、カッセル時代と同様、教授陣の講義のレベルは決して満足できるものではなかった。

しかし、その中でたった一人、ある若い教師の講義だけは別だった。フリード

▶右：ヴェンデルガッセの角にある兄弟の下宿。
▶左：螺旋階段を上ると屋根から家に入る家がある。ヤーコプは来た当初、この町には階段が多く「屋根から家に入る家もある」と友人に報告している。
▶左頁右：ルター教会。螺旋階段を上ったところにある。
▶左頁左：サヴィニーの家。ここに兄弟は通った。

リヒ・カール・フォン・サヴィニーは、ローマ法学者で、若くして学会で注目された俊英であった。当時24歳の教師の講義に兄弟はすっかり魅せられ、彼の授業で常に一番の成績を取るようになる。

サヴィニーのほうでもこの優秀な学生たちに注目するようになり、やがて自分の大切な蔵書を兄弟に貸し出すようになる。そうして兄弟はサヴィニーの家に足しげく通うことになった。

バルフューサー通りに建つ兄弟の下宿（❸）から、脇の細い小道ヴェンデルガッセを、城に向かって上ってみよう。螺旋階段を上りきると、途中ルター教会（❹）がある。その広場を通り、さらに壁沿いに這っている階段を上って、リッター通りに入る。そして、左に行けばサヴィニーの白い家（❺）がある。

この時の思い出を書いたヤーコプの文章を見ると（左）、若い教師の家にせっせと通う兄弟の姿が目に浮かぶようだ。本棚がずらりと並ぶ部屋を目の前にした時の兄弟の気持ちは、どれほどのものだっただろうか。

そして昔のドイツ語で書かれたミンネリート（中世の恋愛詩歌）の本を手に取り「特別な予感」を感じたとあるように、この時ヤーコプは、自身の将来の進むべき道がおぼろげながら見えてきたのである。ドイツの古い文学や言語への道であり、それは同時に、メルヒェンへもつながる道である。

…マールブルクでは、誰もが足をせっせと動かして、階段を上っては降り、上っては降りしなくてはなりません。バルフューサー通りの小さな家から続く、私が毎日歩く道は、細い路地、そして古い塔の螺旋階段を通って、教会の広場に至ります。…それからまた城壁に沿って登って行き、さらに高いところにある小道に入り、フォルストホーフにたどり着きます。…その場所と屋敷の門の間の下のあたり、階段の途中となりますが、一軒の家が鳥の巣のようにへばりついていました。そこであなたは、何事にも気をわずらわせることもなく、学問に捧げた屈託のない生活を送っていました。…

私たちは、はしごを使って本に近づくことが許されていました。そこで私はこれまでお目にかかることの無かったものを見たのです。扉から入って右手の壁、ずっと奥の方に、一冊の四つ折り本、ボードマーのミンネリートの選集があったのを覚えております。それを私は手にとって、生涯で初めて本を紐解き、その場でヤーコプ・フォン・ヴァルテやクリスタン・フォン・ハムレーのページを立ったまま読みました。添えられた詩はめったに目にしない半分理解不能な古いドイツ語で書かれていました。それは私の心を特別な予感で満たしました。(サヴィニー博士号取得50周年に捧げたられたヤーコプ・グリムの法学論文「所有の言葉」より)

サヴィニーのもとでは、さらに将来に関わる重要な出会いがあった。ロマン派の詩人クレメンス・ブレンターノは、この時期にこの町に滞在し(❻)、友人であったサヴィニーと一種のサロンを形成していた。この集まりを通じて、兄弟はブレンターノと知り合うことができたのである。そして、後にブレンターノとアルニムが編纂した民謡集『少年の魔法の角笛』を手伝うことになるのである。

とはいえ、この集まりは長く続くものではなかった。サヴィニーは1804年に大学を離れ、自身の研究のためパリに向かうことになった。そしてヤーコプもその助手として、パリに向かうことになる。

▶山のふもとにあるエリーザベト教会。ドイツのゴシック建築の中でも最も初期に建てられた大聖堂の一つで、建築史でもしばしば言及される。左は聖堂内にある聖エリーザベトの像。夫に先立たれ未亡人となった王妃エリーザベトは、修道院に入り救貧院を建てて、貧しい人たちのために尽くした。そうして死後、聖人に列せられた。

▶右：山の上に立つマールブルク城。城の中庭から、城内の文化史博物館に行ける。
▶左：マールブルク城の城門。ウベローデが「ファラダの門」のモデルに使った。

大学町マールブルク

兄弟が学生時代を過ごしたマールブルクは、兄弟が勉強し、恩師と出会い、友人たちと遠足やダンスパーティに出たりするなど学生生活を謳歌した青春の町である。そして今でもこの町には学生たちが多く、大学町特有の自由な空気が感じられる。

山の上のマールブルク城は、宗教改革の時代にはルターやツヴィングリが宗教問答を繰り広げた由緒ある城だ（❼）。また、その城門は、グリム童話の挿絵画家ウベローデが「がちょう番のむすめ」の挿絵のモデルに使った「ファラダの門」がある（❽）。あわせて見ておきたい。

▼コラム

グリム童話の挿絵画家

オットー・ウベローデとウベローデ美術館

オットー・ウベローデ美術館
"Museum Haus Otto Ubbelohde"
開館：土・日のみ　11:00-17:00
住所：Otto-Ubbelohde-Weg 30
35094 Lahntal-Goßfelden
電話：(0641) 63326

▶上：グリム童話１番「かえるの王さま」のウベローデによる挿絵。木々の表現には、ユーゲントシュティール様式が見られる。

グリム童話はこれまで何度も出版され、その中で多くの画家の手によって、様々な挿絵が描かれてきた。中でもオットー・ウベローデによる一連の挿絵は、最も知られている挿絵の一つである。

ウベローデは、19世紀後半から20世紀の初めにかけて活動したヘッセンの画家だ。彼のアトリエ兼住居はマールブルク近郊のゴスフェルデンという小さな町にあり、今は美術館になっている。

その挿絵はヘッセン地方の事物や風景を丹念にスケッチしているのが特徴である。そのためヘッセン地方のあちこちに、彼がスケッチしたそのままの風景を見ることができる。そして、その写実的な情景の中に、ファンタジーが見事に織り込まれているのである。

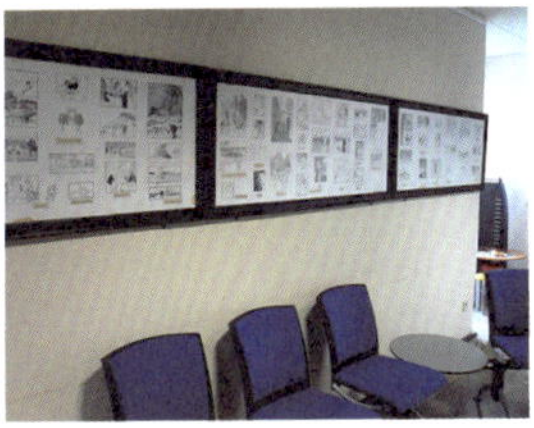

▶上：「ラプンツェル」の挿絵のモデルに利用された民家の塔。マールブルク郊外のアーメナウにある。
▶下：ウベローデの挿絵は、なんとマールブルクの郡役場でも展示されている。ただし複製。

ヴィリングスハウゼン
WILLINGSHAUSEN

ヤーコプは学生時代、友人たちと徒歩旅行をした。そして一行の一人、シュヴェルツェルの家に立ち寄っている。それは、地方の豊かな民俗文化にふれる旅となった。

民俗文化にふれた旅

▶シュヴェルツェル家の屋敷。ダンスホールとなった広間は１階正面右側にある。個人宅のため見学は不可。

シュヴェルツェル家滞在

マールブルクでの学生時代に、ヤーコプは仲のよい友人たちと徒歩旅行に出かけている。1803年、ヴィルヘルム方伯の選帝侯昇格を祝うお祭りに、ヤーコプは友人たちとカッセルに向かうことにした。その道中、一行の一人シュヴェルツェルが、近くにある自分の家の領地ヴィリングスハウゼンに立ち寄らないかと提案したのである。

一行は喜んで、このシュヴァルムの一地方にやって来た。彼らは馬に乗って美しい土地を散策し、学生らしくゲームに興じた。そして夜になると面白いことが

▶右：屋敷の裏側にある菩提樹。風害による被害で今は無い。ヤーコプが滞在した時は、この木の下で読書をしたという。また、屋敷の広間にある窓ガラスには、ヴィルヘルムが彫ったサインもある。
▶①敷地にある可愛らしい離れ。
▶②ハシバミの木。シュヴェルツェル家の裏手には広大な庭園が広がり、多種多様な植物が植えられている。日本由来のものもある。

——しかしすぐに僕たちは、可愛らしい農民の娘たちにダンスに誘われた。（友人による当時の記録より）

▶上：シュヴェルツェル家の前当主、故ゲオルク・フリードリヒ・フォン・シュヴェルツェル男爵。シュヴェルツェル家はすでに13世紀の文献に名前が上がる由緒ある家柄である。この地の民俗文化に魅了されたグリム兄弟の末弟ルートヴィヒは、画家のロイテルンと共に1824年、ヨーロッパ初となる芸術家村を建設した。そうして、多くの芸術家がこの地を訪れるようになった。シュヴェルツェル家は代々、文化や芸術に寛容で、男爵は文化交流の意義を熱心に語る高潔な人物であった。

起きた。農民の一団が屋敷にやって来て、屋敷の広間で婚礼のダンスをすることを恭しく願い出たのである。

両親が不在だったので、シュヴェルツェルがそれを認め、広間が開放された。ヴィリングスハウゼンは農村の伝統が強く、シュヴァルム地方の文化と風習が豊かな土地柄である。独特な民族衣装を着た一団が、地元のダンスに興じる様子はさぞ見事だったろう。

ヤーコプは、この滞在を通して、地方の豊かな民俗文化にふれ、大きな屋敷の雰囲気を経験したのである。そうしてその後も兄弟とこの地の関係は続き、二人はこの家からも幾つかのメルヒェンを集めたという。

芸術の都での調査活動

パリ
PARIS

サヴィニーの文献調査の助手として、ヤーコプはパリに渡った。兄弟は再び別れ別れになるが、あらためて互いの絆を感じる。また調査活動を通じて、ヤーコプは古い文学への関心を深めた。

再び別れ別れに

　マールブルク大学に在学中だったヤーコプは、1805年1月末に、サヴィニーの研究を手伝うためフランスのパリに向かっている。サヴィニーは当時、資料の入ったトランクを現地で紛失してしまい、急遽助手として、ヤーコプに白羽の矢を立てたのである。ヤーコプは連絡を受けるとすぐに旅立ち、およそ10日かけてパリに到着した。

　ヤーコプのマールブルク滞在の1年目以来、兄弟は再び離れて暮らすことになるが、この時に頻繁に交わされた兄弟の手紙には、相手への深い愛情が示されている。この時、兄弟はあらためて互いの絆を強く感じ、将来の二人だけでの研究生活をはっきりと意識したといえるだろう。事実この後、二人は一緒に暮らし、一緒に勉強した。そしてヴィルヘルムが結婚した後も、兄弟は一緒の家に住み続け、死ぬまでそれは続いたのである。

サヴィニーの助手として

　サヴィニーの助手として、ヤーコプはパリの国立図書館で文献調査を精力的に手伝った。そしてそれによって、ドイツの古い文学へいっそう関心を向けることになった。この資料調査は、その後の研究のための貴重

▶右：サヴィニーとヤーコプはリシュリュー通りにあった国立図書館で文献調査を行った（写真は同場所にある現在の旧国立図書館）。

▶①サヴィニーと滞在したHôtel du Nordがあった同リシュリュー通り87番地。現在は保険会社のアリアンツの建物が建っている。
▶②住居からほど近いパレ・ロワイヤルには当時は書店が多く、ヤーコプは多くの本を購入した。
▶③ヤーコプはパリで絵画や彫刻など芸術作品を熱心に鑑賞した。絵画ではルーブルのダ・ヴィンチ、ティツィアーノを評価したが、特に好んだのはラファエロの聖母子像である。

――兄さんは僕がどれほど兄さんを愛しているかなんて、きっとわかっていないことでしょう・・・（ヴィルヘルムの手紙より）

な経験となったのである。

ヤーコプは、サヴィニー一家と同じ家に住み、恩師と一層親しくなることができた。また、休みの日には観劇をしたり、美術館で絵を見て過ごした。中でもルーブルのラファエロはお気に入りだった。しかし、滞在中、最も多くの時間を費やしたのは、本や資料の収集であった。

実り多いパリ滞在は、およそ7カ月後の9月に終わる。その時、ヤーコプは、もう大学で法学を修めようとは考えていなかった。それよりも自分がやりたい研究、つまり古い文学の研究をしながら生活しようと考えたのである。そうしてカッセルへ向かった。

――誰かが僕らの片方をどこかへやろうとしたら、もう片方がすぐにその人間と関係を絶たなくてはならない（ヤーコプの手紙より）

ゲッティンゲン
GÖTTINGEN

兄弟はこの大学町で教鞭をとり、また司書も兼任した。仕事はハードだったが、充実した研究生活を送った。ところが王に逆らった「七教授事件」によって、突然、失職することになる。

大学教授として

ゲッティンゲンへ

兄弟はカッセルで図書館司書として、ヤーコプが約１４年間、ヴィルヘルムが１６年間働いた。見過ごされがちだが、兄弟には図書館司書という一面もある。

しかし、このように長く勤めたにもかかわらず、１８２９年に図書館長が急逝した時、後任の館長には、まったく外部の人物が任命されてしまう。

深く傷ついた兄弟は、隣国ハノーファー王国からの要請に応じて、祖国を離れることを決心する。ヤーコプはゲッティンゲンで大学教授兼図書館司書になる。ヴィルヘルムも司書になり、後に助教授を兼任した。

▶右：旧市庁舎前広場にある「がちょう番のむすめ」像。

現在のゲッティンゲンには、フランクフルトから高速列車ICEで行くと約2時間で着く。カッセルからはICEで20分、車でアウトバーンを使うと40分ほどだ。

中央駅に着いたらゲーテ・アレーを町の中心に向かって歩いてみよう。しばらくして右手に見えてくる6番地の建物の場所に、かつて兄弟が住んだ家があった（❶）。ヤーコプが講義を行ったのも、同じ家である。

そのまま進んで、橋を越えたらすぐ右に行き、パーペンディーク通りへ入ってみると、すぐ左手に大きな建物がある。入口に作家のギュンター・グラスによるユニークなヒラメの像があるパウリーナー教会である（❷）。この建物は大学図書館であり、兄弟は当時ここの図書ホールで司書として働いていた。教会は第2次大戦で破壊され、戦後、再建されたものである。現在このホールは企画展示などに使われている。

教会を出てさらに先に進み、左へ折れてパウリーナー通りへ入る。少し歩けば旧市庁舎（❸）の裏に出るので、表の広場に回って、有名な「がちょう番のむすめ」像（❹）を見てみよう。グリムのメルヒェンの登場人物である彼女に、ゲッティンゲン大学で博士号を取った学生が、敬愛を込めてキスをするという慣習がいつの間にかできた。運がよければ、その場面を見られるかもしれない。

小さきものへの注目

兄弟は、40代半ばになって、新しい生活環境に身を置くことになった。不安もあり、実際苦労もしたが、ゲッティンゲンの人々が親切に迎え入れてくれたのは幸いだった。以前からつきあいがあった研究者たち、それに学生たちや町の名士たちが、歓迎のために兄弟を次々に訪問した。

中でも友人のゲルマニストであるベーネッケは、兄弟が到着した時、最初の仮の宿を提供している。また、法学者のフーゴ、歴史家ダールマンらとも、その後長く交際をしていくことになった。

ゲッティンゲン地方は、カッセルとは比べられないが、空には同じ星があり、神様は私たちにこれまでのように手を差し伸べてくれるだろう…(ヤーコプ・グリム『自叙伝』より)

一方、大学と図書館の仕事はカッセル時代よりハードなものになった。特に以前の数倍もの蔵書を持つ図書館での仕事に、二人は多くの時間を割かなくてはならなかった。

それでもこの時期は、研究者として実り豊かな時代であり、多くの成果が世に出ている。ヴィルヘルムによって『グリム童話集』の第3版が出版されたのもこの時期である。

ヤーコプがこの頃書いた自叙伝には、「常に私が思っているもう一つの原則は、このような研究においては、どのようなことでも軽視してしまわないようにすること、むしろ、小さなものは大きなものを説明するのに使い、民間伝承は文字で書かれた人類の遺産を説明するのに使うということです」とある。この言葉は、民衆が伝えてきたメルヒェンや伝説など、一見価値がないようなものこそが重要であるとする、兄弟が研究に向かう基本的な姿勢をはっきりと示しているといえるだろう。

ゲッティンゲン七教授事件

しかし、この新たな土地での生活は長く続かなかった。ハノーファー王国では、1833年にヴィルヘルム4世によってリベラルな憲法が制定さ

▶①大学で学位を取った学生が馬車で乗り付けて「がちょう番のむすめ」にキスをする。彼女は世界で最もキスされた女性だ。
▶②マンホールのふたも立派。③旧市庁舎の豪華な内装。
▶④装飾が美しいユンカーン・シェンケ。中はレストランになっている。

れ、グリム兄弟ら教授陣もこれに忠誠を誓っていた。しかし、１８３７年にその王が亡くなると、弟が王位を継ぎ、エルンスト・アウグスト王として即位する。すると彼は直ちに現憲法を破棄し、旧憲法を復活させることを一方的に宣言してしまう。

これに対し、ダールマンを筆頭にゲッティンゲン大学の７人の教授が抗議書を提出することを決める。その中にはヤーコプとヴィルヘルムも含まれていた。

この抗議書は新しい国王へ十分敬意を払ったものであったが、国王はこれに激しく怒り、ヤーコプを含む首謀者３名は即刻国外退去、その他４名は免職という処分を下した。

これが後に知られる「七教授事件」である。ゲッティンゲンの町は揺れに揺れた。ヤーコプたちは処分に従い、１８３７年１２月に町を出た。教授たちを慕う多くの学生たちが、国境で彼らを見送ったという。

現在のゲッティンゲンの町は、かつて学生たちが学生時代を謳歌した雰囲気がそのまま残る古き良き大学町である。

時間があったら、旧市庁舎を見学してみよう。中に入ると、美しい天井や紋章などを見ることができる。ツーリスト・インフォメーションもこの中にある。他にも１５世紀に建てられた木組みの家ユンカーン・シェンケ（現在はレストラン）や（❺）、一時ブレンターノが住んでいた家も見ることができる（❻）

▼コラム

グリム兄弟の学問の継承

『メルヒェン百科事典』の編纂

▶アルファベット順に約３９００の見出し語がある、口承文芸研究の必携の書。２０１３年時点で刊行が予定されていた１４巻がほぼ出そろった。

▶上：旧『メルヒェン百科事典』編集部。中には講義室や書庫もあった。
▶下：編集者の一人ハンス・イェルク・ウター博士（右）。アールネ、トンプソンによる昔話の国際話型カタログを改訂した通称"ＡＴＵ"を2004年に発表。現代で最も活躍している口承文芸学者の一人である。左は友人である日本の口承文芸学者の小澤俊夫氏。二人とも『百科事典』の項目に名前が挙がっている。

グリム兄弟はドイツの文学や言語の学問、いわゆるゲルマニスティックや、民俗学の基礎を築いた。大学教授として働いたゲッティンゲンは、その後、それらの学問の中心となる。

例えば、世界的に著名な民俗学者クルト・ランケが主導して、６０年代から『メルヒェン百科事典』の編纂がこの地で進められた。フリートレンダー通りにはかつての編集部がある。（❼現在は大学構内に移設）。

グリム兄弟が１８３８年に取り掛かった『ドイツ語辞典』は、兄弟の死後も他の研究者たちに引き継がれ、ようやく１９６１年に完成した。現在は古くなった項目の更新のため、ゲッティンゲンとベルリンで改訂が進められている。この編集部は、以前は『百科事典』編集部の隣の建物にあった。

▶旧『ドイツ語辞典』編集部。現在の編集部はパウリーナ教会にある。
▶建物内にある資料庫。世界中から資料が集められている。

▼コラム

ドイツ人の想像力の源

ドイツの森

▶ザバブルク城周辺にあるラインハルトの自然保護林。ブナやオークの古い森で、中には樹齢 700 年を超えるものもある。古木が並ぶ森に光が刺しこむと、いまにもメルヒェンの登場人物が出てきそうだ。

グリム童話には、森の場面がしばしば登場する。「ヘンゼルとグレーテル」では、森に置いていかれた兄妹が森の中を彷徨う。また、「白雪姫」でも森に残された白雪姫は、森の中をどこまでも駆けていく。

このように登場人物たちが歩くドイツの森は、日本の森とは随分違う。日本の森は下草や茂みが濃く、鬱蒼としているが、ドイツでは下草は少なく、比較的歩きやすい森が多い。

散歩と森を愛するドイツ人たちは、よく町の近くの森に散歩に出かける。機会があれば、彼らに習ってドイツの森を歩いてみよう。靴に踏まれて小枝が折れる音がポキポキと森に響き、メルヒェンの主人公たちの気分が味わえるだろう。

▶同じくザバブルク城周辺の自然保護区域。開墾されたなだらかな丘陵地に突然森が始まるのも特徴的だ。

ベルリン
BERLIN

兄弟は晩年をベルリンで過ごす。ベルリン大学での講義、『ドイツ語辞典』の編纂、研究に加え、ヤーコプは政治的にも活躍をする。終の棲家となったこの地に、グリム兄弟は今も眠っている。

晩年を過ごした大都

ベルリンへの招聘

ゲッティンゲンを去り、カッセルでの失業状態の中、兄弟はプロイセン王国から、1840年11月2日付の公文書を受け取る。これまでの業績に対して、ベルリン学士院の正会員として招聘し、大学で講義する権利も認めるという内容であった。

こうして兄弟の名誉は回復され、研究と生活のための安定した地位と身分が保証されることになる。この招聘の実現の背景には、ブレンターノの妹で、アルニムの妻でもあったベッティーナの助力、そして新しくプロイセンの王位に就いたヴィルヘルム4世の英断があった。

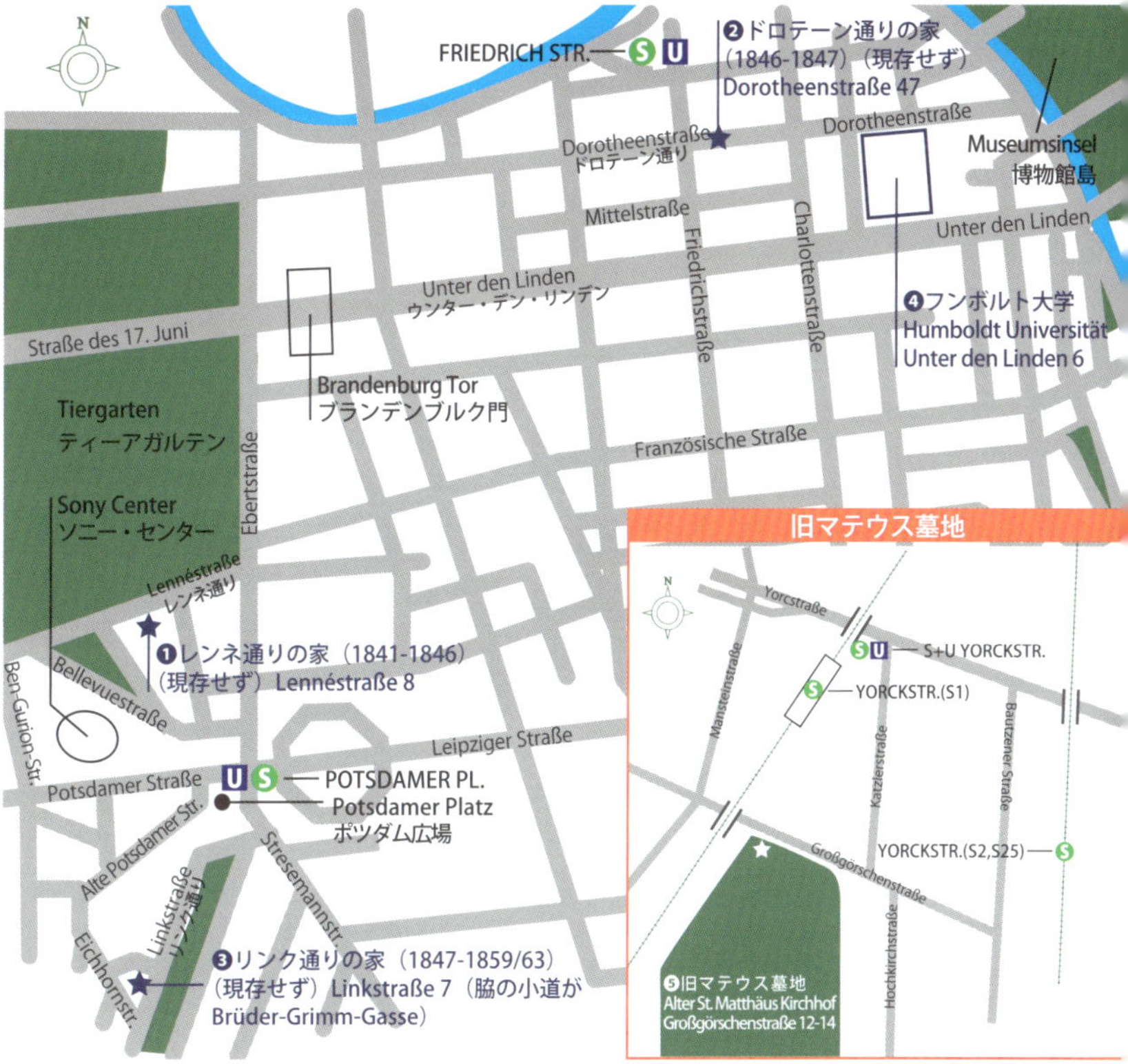

▶右：ベルリン・フンボルト大学。言語学者ヴィルヘルム・フォン・フンボルトらの主導によって、1810 年にベルリン大学として開校。開校時にはサヴィニーも教授陣に名を連ねた。1871 年のドイツ帝国統一後は、ドイツのアカデミズムの中核となる大学として発展し、多くのノーベル賞受賞者も輩出した名門大学である。写真はウンター・デン・リンデンにある大学設立当初からあるキャンパス・ミッテ。

現在のベルリンには、フランクフルトからICE（約4時間半）、もしくは国内線を乗り継いで飛行機で入ろう。

グリム兄弟がベルリンで住んだ住居は3軒ある。レンネ通り8番地の家（❶）、ドロテーン通り47番地の家（❷）、そして終の棲家となったリンク通り7番地の家（❸）である。しかし第2次大戦での破壊、そしてその後の東西ドイツ分割によって、町並みが失われ、今はいずれの建物も存在しない。

兄弟が講義を行ったフンボルト大学は、その建物が今も残っている（❹）。森鷗外も歩いたウンター・デン・リンデンをブランデンブルク門から東に1km も歩くと、左手に見えてくる。

▶上：ドロテーン通り 47 番地付近（地図の❷）。フリードリヒ通りと交わる交差点。このあたりも再開発が進み、兄弟が過ごした当時の面影はない。
▶下：リンク通り 7 番地（地図の❸）。この場所にあった住居がグリム兄弟の最後の住居となった。グリム一家が住んだことを記念して、右わきの通りは Brüder-Grimm-Gasse、すなわち「グリム兄弟横町」と名付けられ、またこの建物も「グリム・ハウス」と名付けられている。

▶上：ポツダム広場は東西ドイツ統一後、西側資本によって再開発が進められ、写真のように大変モダンな街並みを見せることになった。
▶下：グリム一家が最初に住んだレンネ通り 8 番地（地図の❶）付近にある詩人レッシングの像。通りの北側にはヤーコプがよく散歩をした公園ティーアガルテンが広がる。このレンネ通りの家の場所と、❸のリンク通りの家の場所には、ポツダム広場から歩いていける。

少し足を延ばせば、博物館が集まっている「博物館島」に至る。世界遺産でもあるこの島で博物館めぐりも良いだろう。東西ドイツ統一後、新首都となったベルリンは見所が多い。

晩年のグリム兄弟

さて、兄弟はこの頃には学問上の偉人となっていた。この高名な学者に会うために連日多くの客が兄弟のもとを訪れた。夜にはパーティ、食事会など頻繁に招かれた。他方で、『ドイツ語辞典』の編纂や自身の研究を多数進めている。ヴィルヘルムは『グリム童話集』の改訂にも取り組んだ。それに加えて、大学や学士院での講義も持ち、大

▶旧マテウス墓地にあるグリム兄弟の墓（地図の❺）。右端がヤーコプ、その隣がヴィルヘルムである。あとの二つはヴィルヘルムの息子、ヘルマンとルドルフの墓。
旧マテウス墓地は多くの著名人が眠る広大な墓地である。散策する人も多く、入り口ではガイドブックも売っている。

変忙しい日々を送っていた。

　この時代になると祖国の統一と自由を求める機運が高まり、知識人たちの政治的意識も高まった。そうして１８４６年にはフランクフルトでドイツ文学者会議が開かれたが、ヤーコプはその第１回会議の議長に選出されている。また続けて４８年には国民議会が開かれ、ドイツ統一と憲法制定が目指されたが、この時にも地区の代表議員として選出されている。ヤーコプが政治的にも活躍した時代である。

　晩年は辞書の編纂をはじめ、ヤーコプの業績を中心に多くの研究が世に出された。また、１８５７年に『グリム童話集』第７版が出る。これが結局最後の版となり、決定版となった。

　このようにベルリンでも忙しく晩年を過ごしていた兄弟であったが、１８５９年１２月１６日に、体の弱かったヴィルヘルムが兄よりも先に亡くなる。その後、ヤーコプも１８６３年９月２０日に亡くなった。

　２人はともに現在の旧マテウス墓地に埋葬された（❺）。若い頃、机を並べて勉強したように、死後も彼らは並んで眠っている。

——私たちの最後のベッドも、再びぴったりと並べられることになりそうです。（ヤーコプ「ヴィルヘルム・グリムを偲ぶ講演」）

シュヴァルムシュタット
SCHWALMSTADT

赤ずきんの里

シュヴァルム博物館　*"Museum der Schwalm"*
開館：14:00-17:00　月曜日休館
住所：Paradeplatz 1
　　　34613 Schwalmstadt-Ziegenhain
電話：(06691) 3893
WEB: https://www.museumderschwalm.de/

▶シュヴァルム博物館。堀で囲まれた要塞の中にある。館内では、民族衣装をはじめとするシュヴァルムの様々な生活文化の展示を見ることができる。

シュヴァルムシュタットは、トライザとチーゲンハインを中心に合併してできた、北ヘッセンの町である。この町はメルヒェン街道の中の「赤ずきんの里」としてよく知られている。

　理由は、その民族衣装だ。かつてこの地域の女性は、誰もが赤ずきんのように、頭に小さな帽子をかぶっていたのである。

　この帽子の中には髪を上に結い上げて入れる。帽子の色は、赤が未婚の女性、緑は既婚の若い女性、紫が年を経た既婚の女性、夫が亡くなると黒になった。

　この民族衣装は、帽子以外の部分も特徴的だ。幾重にも重ねられたスカートは、家の裕福さを示す象徴で、

▶左：民族衣装を着たシュヴァルムの人達。子どもたちが赤、女性が緑を身に着けているのが分かる。
▶下：シュヴァルムの豊かな農村文化は、１９世紀ロマン主義思潮の中で注目され、多くの芸術家がこの地域を訪れ、スケッチをした。

▶シュヴァルムの伝統的なデザインでは、ハートやチューリップが主要なモチーフである。手間のかかる刺繍は、かつては農作業ができない体の不自由な女性にとって重要な収入源になった。

▶シュヴァルム博物館に展示されている民族衣装の帽子。赤、緑、紫、黒のものが見られる。昔ながらの慣習で、戦後も引き続きこの衣装を着た女性たちがいたが、現在はほぼ見られなくなった。

最大で１４枚にもなったという。足元には細かい刺繍が入った白い靴下が見える。

刺繍はこの地域の特産で、衣装のどの部分にも美しい刺繍が入っているのが見られる。また、帽子に使われた女性の立場を示す色は、衣装のそこかしこに配色されている。こうした装飾は、衣装だけでなく、この地域の家々や生活用品にも様々な形で見られ、農民が生活の中に持っていた強い美意識を感じさせる。

このような美しい民族衣装だが、残念ながら現在では日常的に着ている人はほぼいない。「ザラートキルメス」などの一部のお祭りなどでお披露目されているだけである。

トレンデルブルク
TRENDELBURG

騎士たちが集った中世の城

▶「ラプンツェル」を連想させる大きな塔には、近年、屋根がつけられ、昔の姿を取り戻した。城を改装したホテルには、お姫様の部屋もあれば、召使の屋根裏部屋、離れもある。地下室では、かつて騎士たちが城主の前に集ったことだろう。

古城ホテル　トレンデルブルク
"Hotel Burg Trendelburg"
住所：Steinweg 1, 34388 Trendelburg
電話：(05675) 9090
WEB：http://www.burg-hotel-trendelburg.com

トレンデルブルク城はヘッセン州の最北端に位置し、ブレーメンとカッセルを結ぶ街道の要所の守りとして、小高い丘の上に建てられた。すでに13世紀の文献にその名が現れる由緒ある城で、遠くからでもその特徴的な太い塔を見つけることができる。

この武骨な中世の山城は、戦後の改装でホテルとレストランの機能を持つようになり、現在の古城ホテルに生まれ変わった。

狭い入り口をくぐり、細い橋を渡ると城の中庭に着く。そこから城の本丸に入るとレセプションとなる。重厚な家具や鎧兜などで飾られた城の内部は、私たちを中世の時代へ誘うだろう。

写真提供：Hotel Burg Trendelburg（塔及びスイートルーム）

ザバブルク
SABABURG

いばら姫が眠る悠久の城

▶こちらの城も改装されてホテルとなり、レストランも併設されている。夏になると大広間に据えられた野外舞台で、グリム童話が上演される。いばら姫と王子に扮した若者が迎えてくれるだろう。

いばら姫の城　ザバブルク
"Dornröschenschloss Sababurg"
住所：Im Reinhardswald, 34369 Hofgeismar
電話：(05671) 8080
WEB：http://www.sababurg.de/

メルヒェン街道で有名な古城はもう一つある。ザバブルクは近隣のゴッツビューレンへの巡礼者の保護のために１４世紀に建設された。その後１６世紀後半になって、ヘッセン方伯が狩りのために居城を整備し、今の姿になった。

広大なラインハルトの森を抜けると、やがて丘の上に、木々に覆われた優雅なザバブルク城が姿を見せる。城に近づいてみると、ツタに覆われた城壁、そしてその城壁にぐるりと囲まれた城はとてもロマンチックだ。城は今では公けに「いばら姫の城」と名乗っているが、確かにあのいばら姫がここに眠っていたといわれても不思議ではない。

写真提供：Dornröschenschloss Sababurg（城の遠景及びお姫様と王子様）

ハーメルン
HAMELN

ねずみ捕り男の伝説が眠る町

▶ハーメルン博物館。右の建物ライストハウスは典型的なヴェーザールネサンス様式で、細かく分割された建物正面には、種々のエキゾチックな装飾が豊かに施されている。

カッセル市内を流れるフルダ川は、ハン・ミュンデンという町でヴェラ川と合流し、名前をヴェーザーと変える。川に沿ってそのまま北上すると、ハーメルンにたどり着く。メルヒェン街道もそろそろ終点だ。

ハーメルンはかつて四方を城壁に囲まれていた典型的な中世の町だ。１６世紀にはヴェーザー川の水運で発展し、町中にヴェーザールネサンス様式の壮麗な建物が建てられていった。

しかし、ハーメルンの町を世界的に有名にしたのは、１２８４年にこの町で起こったとされるある出来事である。ねずみの害で苦しめられていた町に、奇妙な姿をした男がやってきて、

▶市民によるねずみ捕り男の野外劇は、町の中心にある「結婚式の家」の舞台で、毎年5月中旬から9月中旬まで、日曜日の 12:00 から上演される。大変人気があり、場所取りは必須。また、この建物の仕掛け時計でもねずみ捕り男の物語を見ることができる。13:05、15:35、17:35 の3回動く。

▶上：「ねずみ捕り男の家」のかわいらしい看板。今はレストランになっている。
▶下：この家の脇の通りから、かつてねずみ捕り男が子どもたちを連れ去ったという。そのため通りは、ブンゲローゼン（舞楽禁制）通りと名付けられ、今でも音楽や踊りをすることはご法度。

▶ハーメルンのお土産と言えば、ねずみをモチーフにしたものだろう。上のねずみパン（観賞用）をはじめ、様々なねずみグッズが売られている。

▶ヴェーザールネサンスの美しい建物だけでなく、古い木組みの家は、町中で見ることができる。裏道に入って散策してみよう。

笛を吹いてねずみたちを集め、ヴェーザー川に沈めた。しかし、市民たちが報酬を払わなかったために、男は怒って笛を吹き、今度は子どもたちを連れ去ってしまう。帰ってきたのは目の見えない子と耳の聞こえない子だけだったという。

グリム兄弟はこの伝説を1816年に出版した『ドイツ伝説集』において紹介した。そうしてこの「ハーメルンのねずみ捕り男の伝説」は遠く日本にも知られるようになった。

現代では、この「悲劇」が町の観光資源として、世界中から人を集めるのに貢献している。町のシンボルであるねずみはあちこちで見ることができるだろう。

●資料

ハンス＝イェルク・ウター

ハーメルンの鼠捕り男

――よく知られたドイツの伝説の成立と伝承について

間宮史子 訳

グリム兄弟の『ドイツ伝説集』に掲載された「ハーメルンの鼠取り男」の伝説は、日本でもよく知られた有名な伝説である。この不思議な伝説は歴史的にはどのように扱われてきたのだろうか。また、そもそもどうしてこのような伝説が生まれたのだろうか。『メルヒェン百科事典』の編集者であるハンス＝イェルク・ウター先生の解説をここに紹介する。（著者）

「ハーメルンの鼠捕り男」の伝説は、たくさんの子どもたちが、不思議な力をもった笛吹きにハーメルンの町からさらわれて、消えてしまったことを報告しています。特に、グリム兄弟の『ドイツ伝説集』におさめられた話、「ハーメルンの子どもたち」（二四五番）は、のちに及ぼした影響が大きく、この伝説が、ドイツ語圏以外のヨーロッパや、のちにはアジアや北アメリカでも知られるきっかけとなりました。それは次のような話です。

一二八四年のこと、さまざまな色が入り混じった服を身にまとったひとりの男（まだら男と呼ばれている）が、報酬をもらえるなら町から鼠を退治してやろうと人々に約束します。男は笛を吹いて、鼠をすみかからおびきだし、ヴェーザー河へ連れていって水の中へ入れます。ところが、町の人々が約束した報酬を拒んだので、男は怒って町を立ち去ります。

同じ年の六月二十六日、男は狩人の姿で再びあらわれ、あちこちの路地であの笛を吹きならします。今度は子どもたちが男についていき、男は子どもたちをある山の中へ連れ去ります。親たちは子どもたちの身に起こったことを、三種類の方法で知ったといいます。子どもを腕に抱いたある子守の娘は、途中でうまくひき返しました。目の不自由な子どもと口のきけない子どもが戻ってきましたが、目の不自由な子は起こったことを話すことしかできず、口のきけない子は、その場所を指し示すことしかできませんでした。ある子どもはシャツのままでついていって、上着を取るために町へ急いでひき返しました。この子が戻ったときには、ほかの子どもたちは、ある丘の穴の中へ消えてしまっていました。

この話では、ハーメルンの市庁舎や新門に記された銘文、つまり文字による証拠や、教会の窓に描かれた絵についても述べられ、さらに、子どもたちがその道を通って町から出ていったという、いわゆる「太鼓なし、音なし通り」の名前の由来と、その通りでは音楽を奏でたり、踊ることが禁止されているという説明が続いています。そして、子どもたちが消えた山の名前（ポッペンベルク）と、子どもたちがズィーベンビュルゲンで再びあらわれたらしい、ということがいわれています。

この話は、子どもたちがいなくなったというできごとの記述と、その後日談の二部構成になっていて、この事件が本当に一二八四年に起こったかのように語っています。それが本当のことかという疑いが、話の中で時おりさしはさまれはしますが、それはあまり重要ではない部分についてです。これは、グリム兄弟の再話のしかたなのです。グリム兄弟は、ロマン主義の考え方によっていました。ロマン主義の考え方では、民間伝承は、部分的には断片であっても、「とても古い」文献や歴史史料のなかから、「歴史的な」事実としてとりだすことができ、それらを集めて比較することによって、ひとつの伝承全体を再構成することができるとされていました。その結果、鼠捕り男伝説の本質的な機能や意義がどう変わっていったかという問題や、古い文献にみられる、この伝説が本当かどうかという疑問は、しだいに影をひそめていきました。

十六世紀から十八世紀にかけて、碑銘に記されたもの、手書きあるいは印刷された文献が数多くあることは、構造のしっかりしたこの伝説が好まれたことを証明しています。

十四〜十五世紀の早い時期の文献においては—記載の日付や事項に部分的には異論がありますが—子どもたちがいなくなったというできごとだけが報告されています。ヨブ・フィンツェルは、一五五六年に刊行した、異常な事件を集めた本『不思議なしるし』のなかで、ハーメルンのできごとを、罪深い行いに対して神が怒った例として、悪魔がハーメルンの子どもたちをさらった「本当の話」としてとりあげています。もともとこの話は、警告たとえ話として、教訓的・道徳的な意味をもっていました。それは、当時のプロテスタントの物語文学や説教文学、たとえ話や悪魔の文学（ヨハネス・ヴァイアー、アンドレアス・ホンドルフ、ヨハネス・マテシウス、ヴォルフガング・ビュットナー）のなかにあらわれることからもわかります。常に自分の子どもたちのことを気にかけるよう、怠慢な両親を戒める例とされているのです。ヴァイアーのテクストは、その最初のもので、とりわけ影響が大きいものです。これは、一五六六年のテクストですが、のちの版においてそのテクストが膨らんでいきました。よそ者の鼠捕り男、また、彼と町の長老たちとの争いのモティーフが、子どもたちがいなくなるというモティーフと結びつけられ、まだら男（ブンティンク）という名前が導入され、子どもたちが消えた場所についての推測、また、ハーメルンにおける、その伝承や特別な習慣や名前が述べられています。

十七世紀になると、警告話としての役割はもう問題にならなくなります。かわりに、この話はハーメルンの事件の証拠として、年代記や珍しい事件を集めた本といったいろいろな種類の文献に見られるようになります。

十七世紀の宗教文学では、いわゆる「ハーメルン脱出《エクソダス》」が、さまざまなことを説明するために使われています。アタナシウス・キルヒャーは、それより以前の伝承でくっついた、山師、よそ者、詐欺師である鼠捕り男の悪魔化をとりあげています。キルヒャーは特に、音楽による効果を論じており、神的あるいは悪魔的なものに帰すことができる音、そして、その音が強いる魔的な力が存在することを証明しています。

そのほかの学術的な書物においては、ハーメルンのできごとは、歴史の解釈に利用されています。たとえば、ピッピングは、子どもたちの誘拐をとりあげて、ヨーロッパの再カトリック化を積極的にすすめたイエズス会士が子どもたちを誘拐したのだと主張し、イエズス会に信条論争をしかけています。十七世紀には、伝承されてきた知識に対する徹底的な論争が始まりましたが、それにより多くの年代記作者や編集者が、鼠捕り男の話が本当にあったのかどうかという疑いをもつことになりました。

この伝説に語られているできごとの背景として考えられることについては、現在までさまざまなことがいわれてきていますす。そしてこれが、この伝説の魅力があせない理由でもあるのです。それらは、次のようなことです。

（1）東方（東ヨーロッパ）の植民地開拓

この伝説を、東方植民地開拓と年若いハーメルン市民の移住に関連づける研究者がいます。若者たちは、オロモウツ（チェコの一都市）の司教の求めで「地域担当者」によってモラヴィア（チェコ）の入植のために集められました。ポンメルンやマズール湖沼地方（ポーランド）、そして特に比較的古い伝承においては、ズィーベンビュルゲン（トランシルヴァニア、ルーマニア）といった地域もまた、謎の失踪先としてあげられています。

（2）大災害・大事故理論

子どもたちが消えたことを、ペストなどの伝染病と結びつける研究者もいます。伝染病がはやると、人びとは子どもの死亡数が多いことを嘆いたといいます。ほかにも、舞踏病、あるいは、一二六一年のゼーデミュンデンの戦い、また、橋の落下や船の事故も原因としてあげられています。

（3）子ども十字軍

この事件を、ハーメルンの子どもたちが、十三世紀のいわゆる「子ども十字軍」に参加したということで説明しようとする研究者がいます。

（4）社会史的・経済的観点など

もっぱら穀物の取引で生計をたてている町における鼠の害という、この伝説の社会史的・経済的観点、また、鼠捕り男像そのものについては、それほど多くはいわれていません。

この伝説は、繰り返し繰り返し、人々の想像力を刺激してきました。それが、現在にいたるまで、ハーメルンの鼠捕り男の話が最も知られたドイツの伝説である理由だといえるでしょう。ビンゲンの鼠の塔の伝説よりも、ローレライの伝説よりも、またヴァインスベルクの女たちの伝説よりも。

ハーメルンの町の名前とは結びついていませんが、やはり不思議な力をもつと考えられた蛇捕り男が話題になっている伝説があります。蛇捕りの能力は他人に受け渡されることはできません。この伝説は、鼠捕り男伝説と同様、十六世紀半ばから連続して文字による資料にあらわれます。そのモティーフは古代の文献にさかのぼります。また、口承文芸研究者ルッツ・レーリヒの見解によれば、「その分布地域は、一方はアルプス地方、もう一方はスカンジナビアとバルト海沿岸の国々、というように奇妙にも分裂して」伝承されています。

さらに、ヨーロッパのさまざまな地域（スカンジナビア、アイルランド、ポーランド、チェコ、スロバキア、スイス、オーストリア、ハンガリー）の、十九〜二十世紀の比較的新しい伝説で語られているのは、次のようなことです。人間や彼岸者（カプチン会修道士、よそ者、世捨て人、水の精）が能力を与えられ、楽器（小笛、笛、ハーディ・ガーディ〔古い弦楽器の一種〕）あるいはハシバミの杖の助けで、動物（鼠、二十日鼠、あり、こおろぎ）を退治したため、その地域が災いから救われます。知らずにその魔法の道具を自分のものにした者は、鼠の害から逃れられなくなります。グリム兄弟の『ドイツ伝説集』二四六番「鼠捕りの男」も、そのようなできごとを語っています。ハーメルンの鼠捕り男のそのほかのモティーフや要素、とりわけ子どもたち誘拐のモティーフは、ほかの地域の伝説伝承には、ほとんどみることができません。

ハーメルンの鼠捕り男は、題材やシンボルとしてさまざまに使われています。鼠捕り男伝説は、特にイギリス（ロバート・ブラウニング、一八四二年）、日本、アメリカ合衆国において、グリム兄弟のメルヒェンと並んで、最もよく知られたドイツの「メルヒェン」に数えられています。鼠捕り男の伝説は、特に一八七五年以降、二百以上のバラード、歌や詩、芝居、児童書、短編小説、長編小説、SF小説の原本になっています。また、実用的・商業的な図案（絵草紙、広告、絵はがき、非常用貨幣、切手）、それから、映画、風刺漫画、漫画や広告に普及しています。一九九〇年代だけでも、ドイツ語圏では新しい絵本が三冊出版され、また、一九九五年には、「ハーメルンの神秘」についてのカイ・マイアーの長編小説『鼠の魔法』（一九九九年に第二版）が出版されています。

十九〜二十世紀に、鼠捕り男の話は、鼠はらいや子どもさらいの話へと発展していきました。それらの話の中心にあるのは、超自然的な力をもつと考えられた旅人です。それは、政治的誘惑のメタファー（隠喩）にもなっています。

ハーメルンの町では、夏のあいだ毎週日曜に鼠捕り男の劇が行われ、一九八六年からは二年おきに鼠捕り男文学賞を授与しています。また、あらゆる観光事業において鼠捕り男が使用されています。こうして、この題材の絶え間ない再生に手をかしているのです。

〈出典〉本翻訳は『子どもと昔話』３３号（小澤昔ばなし研究所、２００７年）に掲載された同名の記事の再録である。また、再録にあたって訳者である間宮史子さんによる修正を一部加えた。

ハーメルンのねずみたち

ハーメルンの町を歩くと、いたるところで様々なねずみに遭遇する。歩き回って探してみよう。

①歩道にペイントされたねずみを追っていくと、ハーメルンの名所が見られる。
②よく見ると立派なねずみのプレートまで埋め込まれている。
③お土産屋さんのポップなねずみ人形。
④橋の上には黄金のねずみが。

ボーデンヴェルダー

BODENWERDER

ほらふき男爵の生まれ故郷

ドイツには、ほらふき男爵の冒険というおもしろい話がある。男爵が従軍した折、包囲した町の様子を知ろうとして、火を噴いた大砲の砲弾に飛び乗ったという話など、ユーモアあふれる話が満載の嘘話集だ。

この人物は、１７２０年にこの町に生まれたヒエロニュムス・カール・フリードリヒ・フォン・ミュンヒハウゼン男爵という実在した人物で、将校としてロシアに赴いた後、再びこの地に戻り、自分の体験をユーモアたっぷりに皆に語ったという。これがいつしか噂になり、ついには国境を越え、ミュンヒハウゼンのほら話として出版されて人気を博した。

男爵の生家は今は市庁舎となっていて、近くに彼の博物館もある。ハーメルンにほど近い可愛らしい町だ。

▶上：ミュンヒハウゼン博物館前にある砲弾に乗る男爵人形。
▶下：市庁舎には砲弾らしきものが置いてある。広場には愛馬に乗る男爵像もある。閉まる城門に真っ二つにされた馬が水を飲むと、胴体から水がジャージャー出たというお話。

ブレーメン
BREMEN

楽隊が目指した旅の終着地

▶市庁舎。左側に巨大なローラント像が見える。2004年に「ブレーメンのマルクト広場の市庁舎とローラント像」として世界遺産に登録された。

メルヒェン街道の終着地となるブレーメンは、ヴェーザー川に貿易港を持ち、1358年にハンザ同盟に加盟後、自由ハンザ都市ブレーメンとして、独立した市の開催権を持つ交易都市として栄えた。

あの有名なロバ、犬、猫、鶏の楽隊は、このブレーメンを旅の目的地に選んだ。老いた動物たちが一山当てようと目指すにはふさわしい立派な町である。お話の結末では、彼らは居心地の良いねぐらを手に入れ、そこに居ついてしまったはずだが、今ではなぜかこの町にすまして立っている。勇ましい（?）銅像の姿で。

町に到着したら、まずは旧市街の中心であるマル

▶右：ブレーメンの町楽隊像。かなりひっそりと立っているが、普段は観光客がいるのでわかる。
▶左：聖ペトリ大聖堂。市庁舎を正面にして右側にすらりと立っている。美しいゴシック様式の教会だ。

▶上：市庁舎の地下にあるレストラン、ラーツ・ケラーの様子。巨大なワイン樽が見物。
▶中：ベッチャー通り。赤レンガの中世の街並みが再現されている。オシャレなカフェもある。
▶下：シュノーア地区には昔ながらの街並みが残る。町楽隊にちなんだ様々なお土産が買える。

クト広場に行ってみよう。ヴェーザールネサンス様式の正面を持つ壮麗な市庁舎を見ることができる。ブレーメンの町楽隊の像は建物の左手だ。また、市庁舎の向かって左手前に身の丈五・五メートルほどもあるローラント像がある。これは、この自由ハンザ都市が持つ権利と特権の象徴として、1404年に建てられた。また、右手には、二つの塔が立派なゴシック様式の聖ペトリ大聖堂がある。

　広場の南西には、中世の街並みを再現したベッチャー通りがある。コーヒーの商人ロゼリウスが私財を投じてつくった、赤レンガの街並みである。また、南部には昔ながらの街並みのシュノーア地区があり、そぞろ歩きも楽しい。

▼コラム

旅の思い出に

ドイツのおみやげ

▶左:「いばら姫」のマッチ箱キット。右は「ブレーメンの町楽隊」。

ドイツといえば世界を代表する有名ブランドの宝庫だが、メルヒェン街道を旅行するなら、グリム童話に関連したグッズを買いたい。

ドイツは質のよい木のおもちゃで有名で、グリム童話をモチーフにした可愛らしい木の人形やお話を描いたパズルなどがある。街道沿いのおもちゃ屋などで購入できるが、どこでも売っているわけではないので、見つけたら買ってみよう。

また、ブレーメンのシュノーア地区には紙のおもちゃだけを扱っている珍しいお店がある。おみやげにグリム童話を題材にした、マッチ箱のジオラマはどうだろうか。箱の中に収まったキットを折ったり、差し込んだりしていくと、お話の世界ができあがる。

紙のおもちゃのお店「アテリエー・ギャグ」
"Atelier GAG"
住所: Auf den Häfen 12-15, 28203 Bremen
(Schnoor 31, 28195 Bremen)
電話:(0421) 701137

▼コラム

伝統的なパン焼きの技術 ドイツのパン

▶上：リーベルスドルフのパン焼き小屋。
▶①まず釜全体を熱する。十分内部が熱せられたら、熾火と灰をかき出して、パンを並べる。
▶②奥に大きなパン、手前には小さなパンやケーキを並べる。中はとても広い。
▶③できあがり。大きいものは2kgもある。
▶④黒板を使って、村人の誰が何曜の何時に使うか教えあう。

「ヘンゼルとグレーテル」では、最後に魔女がパン焼き釜に入れられる。魔女が入ったパン焼き釜とは、どんなものだったのだろうか。

ドイツでは、昔はどの村にも大きな釜をもった「バックハウス」と呼ばれるパン焼き小屋があった。けれども、いつしかパンはパン屋で買うものとなり、村のパン焼き小屋は姿を消していった。

マールブルク近くの村リーベルスドルフには、未だにそのパン焼き小屋があるのを見ることができる。村の人たちは共用で小屋を利用し、今もなお自家製のパンを作っている。

ドイツはパンの種類が豊富だ。ブレートヒェンと呼ばれる定番の白パンや種々のライ麦パンなど、いろいろな麦を使った様々な種類のパンがある。

▶上：リーベルスドルフの農家コンラッドさん宅では、以前はパン焼き小屋を利用していたが、今は自宅に立派なパン焼き釜を所有している。しかし、パン作りのハードな行程は今も昔も変わらない。
▶下：故アルフレート・ヘック博士は、民俗学調査で見つけたこの村のパン焼き小屋を、私たちに紹介してくれた。

KHM 89
GÄNSEMAGD

がちょう番のむすめ

昔むかし、あるところに、年とった女王さまがいました。王さまはもう何年も前に亡くなられましたが、美しいお姫さまがひとりありました。お姫さまは年頃になると、遠い国の王子と婚約しました。

やがて婚礼のときがきて、お姫さまが見知らぬ国へ旅だたなければならなくなると、年とった女王さまは、金銀のかざり、さかずき、宝石など、お姫さまの嫁入りにふさわしいものをすべて用意しました。年とった女王さまは、お姫さまを心から愛していたのです。

女王さまは、腰元をひとりつけてやることにしました。お姫さまをぶじに花婿にてわたすやくめです。また女王さまは、お姫さまと腰元にそれぞれ馬を一頭ずつ用意しました。お姫さまの馬はファラダという名前で、口をきくことができました。

おわかれのときがくると、年とった女王さまは自分の寝室へ行って、小さなナイフを取りだし、指を切って、白い小ぎれに血を三滴落としました。それから、その小ぎれをお姫さまにあたえていいました。

「さあ、むすめよ。これをだいじにしまっておきなさい。旅のとちゅうで、あなたの役にたつでしょう」

こうして、女王さまとお姫さまは、悲しいわかれをしました。お姫さまは、もらった小ぎれを胸元にしまい、馬のファラダに乗って、花婿のところへと旅だちました。

一時間も馬に乗っていくと、お姫さまはとてものどがかわいてしまいました。そこで、腰元に、

「馬をおりて、わたしの金のさかずきで、小川の水をくんできておくれ。ひと口飲みたいから」といいました。すると腰元は、

「なんですって。のどがかわいたんなら、ご自分で馬をおりて飲んでいらっしゃい。わたしはあなたの召使いじゃありません」といいました。

お姫さまはとてものどがかわいていたので、馬からおり、小川の水を手ですくって飲みました。腰元が金のさかずきを出してくれなかったからです。お姫さまが、

「ああ、神さま」とつぶやくと、三滴の血のしずくが答えました。

「あなたの母上がこれをお知りになったら、心は、はりさけてしまわれるでしょう」けれども、お姫さまは何もいわずに、また馬に乗りました。

それから、なんマイルか旅をつづけました。その日はとても暑く、お日さまがさすようにてりつけたので、またのどがかわいてきました。やがて、川のほとりへ来ると、お姫さまは、もう一度腰元に、

「馬をおりて、わたしの金のさかずきで、小川の水をくんできておくれ」といいました。すると、腰元は前よりいっそう傲慢に、

「飲みたいんなら、自分で馬をおりて飲んでいらっしゃい。わたしは、あなたの召使いじゃありません」といいました。

お姫さまはとてものどがかわいていたので、馬からおり、ひざまずいて流れる水を飲みました。そして泣きながら、

「ああ神さま」とつぶやくと、三滴の血のしずくがまた答えました。

「あなたの母上がこれをお知りになったら、心は、はりさけてしまわれるでしょう」

このとき、お姫さまがあんまり身をのりだしたので、血のしずくのついた白い小ぎれは胸元から落ち、水に流されていきました。お姫さまは、それに気がつきませんでした。

ところが、腰元はめざとく見つけ、（これでお姫さまをいいなりにできる）と思いました。年とった女王さまの血のしずくをなくせば、お姫さまの力が弱くなることを知っていたからです。

お姫さまがもどってきて馬のファラダに乗ろうとすると、腰元が、

「ファラダにはわたしが乗る。あなたはこっちの駄馬にお乗りなさい」といいました。お姫さまは、いいなりになるほかありませんでした。

それから腰元はお姫さまに、そのりっぱな服をぬいで自分のそまつな服ととりかえるよう、命令しました。そのうえ、むこうのお城に着いてもだれにもこのことをいわないと、青い空の下で誓わせました。もしこの誓いをしなかったなら、お姫さまはその場で殺されてしまったことでしょう。

このようすを、馬のファラダはぜんぶ見ていました。そして、よく心にきざみつけておきました。

さて、腰元がファラダに乗り、ほんとうのお姫さまは駄馬に乗って旅をつづけました。ようやくむこうのお城に着く

と、たいへんな歓迎を受けました。王子がむかえにとびだしてきて、腰元をほんとうの花嫁だと思って馬からおろしました。腰元は階段をのぼって、お城の中へ案内されていきました。けれども、ほんとうのお姫さまは、下で立ったまま、待っていなければなりませんでした。

年とった王さまが窓から下をながめていて、むすめがひとり、中庭にのこっているのに気がつきました。そのむすめがひとともとても上品で美しかったので、年とった王さまは、王子のそばにいる花嫁に、

「あなたがつれてきたあのむすめはだれか」と、たずねました。

「ああ、あれは、旅のおともにつれてきただけです。あれに、何か仕事をあたえてやってください。ぶらぶらしないように」

けれども王さまは、そのむすめにさせる仕事も思いつかないので、

「がちょうの番をする小僧がいるから、その手伝いをさせよう」といいました。その小僧は、キュルトヒェンという名前でした。ほんとうのお姫さまは、キュルトヒェンといっしょにがちょうの番をすることになりました。

しばらくすると、にせの花嫁が、王子に、

「あなた、おねがいがございます。していただきたいことがあるのです」

「よろこんでしてあげよう」と、答えました。

「それでは、皮はぎ職人をよんで、わたしが乗ってきたあの馬の首をはねさせてくださいな。あの馬は、旅のとちゅう、すこしもいうことをきかなかったのです」にせの花嫁は、あの馬がほんとうのことをしゃべってしまうのではないかとおそれたのでした。

にせの花嫁のねがいどおり、忠実なファラダは殺されることになりました。このことは、ほんとうのお姫さまの耳にも聞こえてきました。お姫さまは、こっそり皮はぎ職人に、自分のねがいをきいてくれたら金貨をあげる、と約束しました。この町には、大きな暗い門があって、お姫さまは朝に夕に、がちょうたちを追ってその門を通るのでした。そこで、ファラダに毎日会えるように、ファラダの首を、その暗い門の壁にくぎで打ちつけてほしいとたのんだのです。皮はぎ職人は馬の首を切り落とすと、約束どおり、それを、暗い門の壁にくぎで打ちつけました。

朝はやく、キュルトヒェンとふたりでがちょうを追って、町の大きな暗い門を通るとき、お姫さまはいいました。

ファラダよ、ファラダ、あなた、そこにいるのね

すると、馬の首が答えました。

ああ、お姫さま。お出かけですね
あなたの母上がこれをお知りになったら
心は、はりさけてしまわれるでしょう

これを聞くと、お姫さまはだまって町の外へ出て、がちょうを野原へ追っていきました。野原に着くと、お姫さまは腰

をおろして髪をほどきました。その髪は、まじりけのない銀でした。キュルトヒェンは、髪がきらきら光るのでとてもよろこび、二、三本ひきぬこうとしました。お姫さまはとなえました。

ふけ、ふけ、風よ
キュルトヒェンのぼうしをふきとばし
追っかけさせてくださいな
わたしが髪をきれいに編んで
すっかりゆいあげてしまうまで

すると、強い風がまきおこり、キュルトヒェンのぼうしをはるか遠くまでふきとばしました。キュルトヒェンは追いかけていかなければなりませんでした。もどってきたときにはお姫さまはもう髪をきれいにゆいあげていて、キュルトヒェンは一本も取ることができませんでした。それでキュルトヒェンはおこって、もうお姫さまと口をきかなくなりました。ふたりは、夕方までがちょうの番をして、お城へ帰りました。

つぎの朝、ふたりでがちょうを追って暗い門を通るとき、お姫さまがいいました。

ファラダよ、ファラダ、あなた、そこにいるのね

すると、馬の首が答えました。

ああ、お姫さま。お出かけですね
あなたの母上がこれをお知りになったら
心は、はりさけてしまわれるでしょう

野原に着くと、お姫さまはまた腰をおろして髪をほどきました。キュルトヒェンがかけよってきて髪をつかもうとしました。お姫さまはすばやくとなえました。

ふけ、ふけ、風よ
キュルトヒェンのぼうしをふきとばし
追っかけさせてくださいな
わたしが髪をきれいに編んで
すっかりゆいあげてしまうまで

すると風がふいてきて、キュルトヒェンのぼうしをはるか遠くまでふきとばしました。キュルトヒェンは、また追いかけていかなければなりませんでした。もどってきたときには、お姫さまはもう髪をきれいにゆいあげていて、キュルトヒェンは一本も取ることができませんでした。ふたりはまた夕方まで、がちょうの番をしました。

お城へもどると、キュルトヒェンは年とった王さまのところへ行って、

「あのむすめとがちょうの番をするのはもうまっぴらです」

といいました。

「それはいったいどういうわけだ」年とった王さまは、がちょう番のむすめとのあいだにどんなことがあったか、話すように命じました。

キュルトヒェンがいいました。

「朝、がちょうの群れを追って、町の大きな暗い門を通ると、

壁に馬の首が打ちつけてあって、それにむかってあのむすめはいうんです。

『ファラダよ、ファラダ、あなた、そこにいるのね』

すると、馬の首が答えるんです。

『ああ、お姫さま。お出かけですね
あなたの母上がこれをお知りになったら
心は、はりさけてしまわれるでしょう』って」

キュルトヒェンはほかにも、野原でぼうしが風にとばされて追いかけなければならなかったことなどをすっかり話しました。

年とった王さまは、キュルトヒェンに、あしたもまた、むすめといっしょにがちょうを追って野原に出るように命じました。そして、自分は朝になると、暗い門のかげにかくれ、がちょう番のむすめがファラダの首と話すのを聞きました。それから、先まわりして野原へ行き、やぶの中に身をかくしました。

まもなく、がちょう番のむすめとキュルトヒェンが、がちょうの群れを追ってやってきました。年とった王さまは、むすめが腰をおろして髪をほどき、髪の毛がきらきらとかがやくのを、その目でたしかに見とどけました。

がちょう番のむすめは髪をほどくととなえました。

ふけ、ふけ、風よ
キュルトヒェンのぼうしをふきとばし
追っかけさせてくださいな
わたしが髪をきれいに編んで
すっかりゆいあげてしまうまで

すると、強い風がまきおこり、キュルトヒェンのぼうしを、はるか遠くまでふきとばしました。キュルトヒェンは追いかけていかなければなりませんでした。そのあいだにがちょう番のむすめは、髪の毛を櫛でとかし、また、だまって髪をきれいにゆいなおしました。年とった王さまは、それをぜんぶ、じっと見ていました。それから、見つからないようにお城へ帰っていきました。

夜になると、年とった王さまはがちょう番のむすめをよんで、

「きょう一日、おまえのすることをすっかり見ておいた。おまえは、いったいだれなのだ」と、たずねました。

「わたしは、それをだれにもいうことはできません。青い空の下で、だれにもいわないと、誓ったのですから」

けれども、年とった王さまはあきらめず、なんとかしてがちょう番のむすめにしゃべらせようと思い、こういいました。

「わしに話せないにしても、あのストーブにならば話してもよかろう」

「ええ、それならいたします」と、むすめは答えました。

王さまは部屋から出ていきました。がちょう番のむすめはストーブの中に入り、心のなかのありったけをうちあけまし

た。

「わたしは、王子さまにとつぐべき王女でした。けれども旅のとちゅうで、腰元に服をとりかえさせられ、そのうえ、けっしてひとにいわないと、誓わされました。お城にまいりましてから、馬のファラダも殺されました。わたしは、ただひとりの話し相手として、ファラダの首を門の壁にかけてもらい、ことばをかわしていたのです」

がちょう番のむすめの入ったストーブには、空気を通す穴がひとつあいていました。年とった王さまはその穴を通して、がちょう番のむすめの運命を、ひとことひとことのこらず聞きとりました。すべては明らかになりました。王さまは部屋にもどりました。

それから、がちょう番のむすめをストーブからだし、王女の着る衣装を着せてやりました。がちょう番のむすめはまばゆいばかりの美しいお姫さまになりました。

年とった王さまは王子をよんで、

「おまえの花嫁はじつはにせもので、ほんとうの花嫁はがちょう番のむすめなのだ」と、話してきかせました。

王子はほんとうの花嫁の美しさと、心のやさしさを知って、とてもよろこびました。

その日のうちに、盛大なお祝いの会が催されました。その会には、国じゅうの人びとがまねかれました。上座のまん中に花婿がすわり、いっぽうのわきにお姫さまが、もういっぽうのわきにはにせの花嫁がすわりました。にせの花嫁は、お姫さまの光かがやく衣装に目がくらみ、それがだれだかわかりませんでした。

みんながごちそうを食べ、飲み物を飲んでじょうきげんになったとき、年とった王さまが、にせの花嫁にひとつのなぞをかけました。

「自分の主人の着るものをうばって、主人を下働きにおとし、自分が主人になりすまして主人の婚約者と結婚した女がいる。こういう女には、どんなさばきをくだしたらよかろうか」

するとにせの花嫁は、

「そんな女はすっぱだかにして、うちがわにとがったくぎをうちつけた樽の中へ投げこみましょう。そして二頭の白い馬に樽をひかせ、道をひきずりまわして殺すのがいちばんふさわしいことです」と、答えました。

年とった王さまは、

「それはおまえのことだ。おまえは、自分にたいしてさばきをいいわたした。そのとおりにしてやろう」といいました。

そして、そのさばきどおりのことがおこなわれました。

それから、王子は、ほんとうの花嫁と結婚し、年とった王さまのあとをつぎました。ふたりはいつまでも、平和に、幸せに、その国をおさめました。

KHM 12
RAPUNZEL

ラプンツェル

　昔むかし、あるところに、ひとりの男とおかみさんがありました。ふたりは、ずっと子どもがほしいと願いながら、なかなか子宝にめぐまれませんでした。そのうちに、やっとおかみさんが身ごもりました。

　この夫婦の家のうらがわには、魔女の庭がありました。そこには、いろいろな花や、薬草がはえていましたが、高いへいに囲まれていて、だれひとり入っていくことはできませんでした。その庭はおそろしい力を持った魔女のもので、世間からおそれられていました。

　ある日のこと、おかみさんが窓辺に立って、うらの庭をながめていると、すばらしくおいしそうなラプンツェルの葉っぱが目につきました。そして、どうしてもそれが食べたくなりました。食べたい気持ちは日に日につのりましたが、その魔女の庭から取ってくることはできないとわかっていたので、おかみさんは、すっかりやつれて、やせほそってしまいました。やがて、夫がそれに気づき、おどろいて、おかみさんにわけをたずねました。

「ああ、うらの庭にはえているあのラプンツェルが食べたい。さもないと、わたし死んでしまう」

　おかみさんをとても愛していた夫は、命にかけても、おかみさんのためにとってきてやろうと思いました。そして、晩になると、高いへいをのりこえて魔女の庭に入り、手ににぎれるだけのラプンツェルをつみとると、いそいで帰って、おかみさんにやりました。おかみさんはすぐに、むしゃむしゃと食べてしまいました。

　ところが、そのラプンツェルがあんまりおいしかったので、つぎの日には、ラプンツェルを食べたいという気持ちが三倍も強くなりました。夫は、おかみさんにラプンツェルをあき

らめさせることができないと思ったので、晩になるともう一度、へいをのりこえて魔女の庭へ入っていきました。ところが、へいをのりこえたとたん、目の前に魔女が立っていたので、ふるえあがってしまいました。

魔女は、夫にむかって、

「よくも、よくも、わたしの庭へしのびこんで、ラプンツェルをぬすんだな」と、はげしくせめました。夫は、おそろしさにふるえながら、

「じつは、女房が身ごもっていて、とてもラプンツェルを食べたがっています。食べさせないと死ぬかもしれないと思ってとりにきたのです」と、一生懸命あやまりました。すると魔女は、

「それなら許さんでもない。ただし、おまえの女房が生む子どもをわたしによこすならな。その子は、わたしが母親のようにめんどうをみてやるよ」といいました。

夫はおそろしさのあまり、そのとおりにすると約束してしまいました。

まもなく、おかみさんが子どもを生むと、すぐに魔女があら

われて、生まれたばかりの女の子に、ラプンツェルという名前をつけて、つれていってしまいました。

ラプンツェルは、お日さまの下でいちばん美しい子どもになりました。ラプンツェルが十二歳になると、魔女はラプンツェルを高い高い塔の中にとじこめました。塔には、ドアもなければ階段もなく、上のほうに小さな窓がひとつあるだけでした。その塔に入りたいときには、魔女は塔の下に立ってよびかけました。

ラプンツェル　ラプンツェル
おまえの髪を、たらしておくれ

魔女がそうさけぶと、ラプンツェルは、編んだ髪をほどいて、それを窓のとめがねにまきつけ、九メートルも長くたらしました。ラプンツェルは、すばらしくきれいな長い髪をしていました。それはまるで、金をつむいだ糸のようでした。髪がおりてくると、魔女は、それにつかまって塔にあがっていくのでした。

ある日のこと、ひとりの若い王子が、その塔のある森を通りかかりました。そして、美しいラプンツェルが塔の窓辺に立ち、美しい声で歌っているのを聞くと、すっかりラプンツェルのとりこになってしまいました。ところが、この塔にはどこにもとびらが見あたらないし、はしごもとどかなかったので、王子はがっかりしてしまいました。それでも毎日、森へかよってきました。

あるとき、魔女がやってきて、よびかけるのが聞こえました。

ラプンツェル　ラプンツェル
おまえの髪を、たらしておくれ

すると、ラプンツェルの髪がおりてきて、魔女がそれにつかまって塔にあがっていくのが見えました。王子は、（ああやってあがっていくのなら、ぼくも一度やってみよう）と思いました。

つぎの日、暗くなると、王子は、塔の下へ行って、よびかけました。

ラプンツェル　ラプンツェル
おまえの髪を、たらしておくれ

すると、ラプンツェルは髪をたらしてくれました。髪が下までとどくと、王子は、それをつたって、塔にあがっていきました。

ラプンツェルは、見たこともない男の人があがってきたので、はじめ、とてもおどろきました。けれども、すぐに、この若い王子がたいへん好きになりました。王子が、「結婚してください」というと、ラプンツェルは、王子が若くて美しいので、（この方なら、きっとゴーテルおばさんよりわたしを愛してくれるわ）と思い、「はい」と返事をし、手をにぎりました。そしてふたりは、毎日、塔で会う約束をしました。

ふたりはしばらくのあいだ、夫婦のように、楽しく、しあわせな時をすごしました。魔女は、ちっとも気がついていませんでした。

ところが、ある日のこと、ラプンツェルが、ついうっかり、魔女に、

「ゴーテルおばさん、あなたをひきあげるのは、あの若い王子さまよりずっと重いんだけど、どうしてなんでしょう」といってしまいました。

「何、なんてことをいうんだ」と、魔女はさけびました。「おまえを世間からすっかりかくしておいたはずなのに。よくもだましたな」

魔女はかんかんにおこり、美しいラプンツェルの髪の毛をつかんで、自分の左手に二、三回まきつけると、右手ではさみをにぎって、じょきじょきと切ってしまいました。それから、ラプンツェルを荒れ野に追いだしました。

ラプンツェルは荒れ野で苦しいくらしをはじめましたが、やがて、男の子と女の子の双子を生みました。

ラプンツェルが荒れ野へ追いだされた日の夕方、魔女は、切りとった髪の毛を窓のとめがねに、しっかりまきつけました。そして王子が来て、

ラプンツェル　ラプンツェル
おまえの髪を、たらしておくれ

とよびかけると、その髪の毛をたらしてやりました。王子はのぼっていきました。けれども、そこにいたのは愛するラプンツェルではなくおそろしい魔女でした。

魔女は王子を毒どくしい目でにらみつけて、あざけるようにさけびました。

「おまえは愛する人をむかえに来たんだな。だが美しい鳥は、もう鳥かごにすわっちゃいない。猫がさらっていったのさ。その猫がおまえの目もえぐりとってやる。ラプンツェルはもういない。二度とふたたび会えやしない」

これを聞くと、王子は絶望のあまり塔からとびおりました。命はなんとかとりとめたものの、いばらのとげで、目が見えなくなってしまいました。

悲しみにしずんで、王子は森の中をさまよい歩きました。食べる物といえば、草や木の根しかありません。そして、愛する妻を失ったことを泣いてばかりいました。

そうやって、二、三年するうちに、王子はとうとう、ラプンツェルがふたりの子どもとつらい毎日をすごしている、あの荒れ野へさまよいこんできました。すると、どこかで聞いたことがあるような人声がしました。そのとき、ラプンツェルも王子に気がついて、とびついていきました。ラプンツェルの涙がふたしずく、王子の両方の目に落ちました。すると、王子の目があいて、もとどおり、見えるようになりました。

王子はラプンツェルとふたりの子どもをつれて自分の国へ帰り、大よろこびしてむかえられました。そしていつまでも幸せにくらしました。

KHM 26
ROTKÄPPCHEN

赤ずきん

昔むかし、あるところに、かわいい女の子がいました。この子を見た人はだれでも愛さずにはいられなくなるような、かわいい子でした。なかでもいちばんこの子を愛していたのは、おばあさんです。おばあさんは、この子に何をやっても、まだたりないほどに思っていました。あるとき、おばあさんはこの子に、赤いビロードの、小さなずきんを作ってやりました。このずきんは女の子にとてもよくにあったので、女の子はもうほかのものをかぶろうとしなくなりました。それで、赤ずきんとよばれるようになりました。

ある日、お母さんがいいました。

「ちょっとおいで赤ずきん。このケーキとワインを、おばあさんのところへ持っていっておくれ。おばあさんは病気で弱っているから、これを飲めばきっと元気になるよ。むこうについたら、おぎょうぎよくあいさつして、お母さんからもよろしくと伝えてちょうだい。それから、途中で道草をくったりしてはだめだよ。そうでないと、ころんでびんを割ってしまうだろ。そうしたら、病気のおばあさんに、なんにもあげられなくなるからね」

「ええ、わたし、ちゃんと気をつけて行くわ」

赤ずきんは、お母さんの手をにぎって約束しました。おばあさんは、村から三十分ほどの森の中に住んでいました。赤ずきんが森の小道を歩いていくと、むこうからおおかみがやって来ました。赤ずきんは、それがどんなにわるい動物か知らなかったので、ちっともこわくありませんでした。

「こんにちは、赤ずきん」と、おおかみがいいました。

「こんにちは、おおかみさん」

「こんなにはやく、どこへ行くんだね、赤ずきん」

「おばあさんのところへ行くの」

「前かけの下に持ってるのは、なんだね」

「ケーキとワインよ。病気で弱っているおばあさんにあげるの。きのう焼いたのよ。これを食べて、元気になってもらおうと思って」

「赤ずきん、きみのおばあさんは、どこに住んでるんだね」

「ここから、まだ森の中へ十五分も入ったところに、大きな樫の木が三本立ってるわ。そこに、おばあさんのうちがあるの。はしばみのしげみのあるところ。それは知ってるでしょう」

　おおかみは、この若い、ふっくらしたむすめは、あぶらのよくのった、おいしいごちそうになりそうだわい、こいつを手に入れるにはどうしたらいいかな、と腹の中で思いました。それで、赤ずきんとならんで歩きながらいいました。

「赤ずきん、どうして、まわりを見ないんだ。森の中はきれいな花でいっぱいじゃないか。きみには、鳥がかわいらしく歌ってるのも、ぜんぜん耳に入らないんだね。まるで、学校へ行くみたいに、前ばかり見て歩いてる。森の中はこんなに楽しいのに」

　赤ずきんは、目をあげてみました。お日さまが木ぎのあいだからさしこんで、ゆらゆらゆれ、そこらじゅうに美しい花がさきみだれていました。

「そうだ。おばあさんに花束を持っていってあげよう。きっとよろこぶわ。まだはやいから、花をつんでいっても、おそくはならないわ」

　赤ずきんは、森の中にかけこんでいきました。そして、花を一本つむと、そのさきに、もっときれいなのを見つけて、そちらへかけていき、そうやって、だんだん森のおく深く入っていってしまいました。そのあいだにおおかみはまっすぐおばあさんの家へ行き、とびらをたたきました。

「だれだね」

「赤ずきんですよ。ケーキとワインを持ってきましたから、あけてくださいな」

「取手をおしておくれ。わたしはすっかり弱ってしまって、おきていかれないんだよ」と、おばあさんはいいました。

　おおかみは、取手に手をかけてあけました。そして、ものもいわずにまっすぐおばあさんのベッドのところへ行き、おばあさんを飲みこんでしまいました。それから、おばあさんの服を着て、ナイトキャップを頭にかぶり、ベッドにもぐりこんで、ベッドのカーテンをしめました。

　赤ずきんは、花をつみながら森の中をかけまわりました。そして、もう持てないほどいっぱいつむと、おばあさんのことを思いだし、おばあさんのうちへむかって歩きだしました。うちに着いてみると、とびらがあけっぱなしになっています。

赤ずきんは、へんだなあと思いました。部屋の中へ入ってみると、なんとなくようすがかわっているので、（まあ、どうしたのかしら、なんだかきょうはいやな気がするわ、いつもは、おばあさんのところに来ると、うきうきするのに）と思いながら、ベッドのところへ行って、カーテンをあけてみました。おばあさんは、寝ていましたが、ナイトキャップを深く顔にかぶっていて、なんだかようすがへんです。

「おばあさん、こんにちは。まあ、おばあさん、なんて大きな耳をしてるんでしょう」

「おまえのいうことが、よく聞こえるようにだよ」

「まあ、おばあさん、なんて大きな目をしてるんでしょう」

「おまえのことが、よく見えるようにだよ」

「まあ、おばあさん、なんて大きな手をしてるんでしょう」

「おまえを、よくつかめるようにだよ」

「でも、おばあさん、なんて大きな口をしてるんでしょう」

「おまえを、ひと口に食えるようにだよ」

そういったかと思うと、おおかみはベッドからとびおきて赤ずきんにとびかかり、ぱくりと飲みこんでしまいました。

おおかみは、あぶらののったごちそうをおなかにおさめると、またベッドに横になってねむりこみ、ひどく大きないびきをかきはじめました。

そのとき、狩人が外を通りかかりました。狩人は、（どうして、あのおばあさんが、こんなに大きないびきをかくんだろう、ぐあいでもわるいのかもしれない、ちょっとよってみてあげよう）と思い、家の中へ入っていきました。するとベッドには、長いこと探していたおおかみが寝ているではありませんか。狩人はすぐに鉄砲をかまえました。けれども、ふと、（おおかみのやつ、おばあさんを食べたにちがいない。今ならまだ助けることができるかもしれない）と思いついて、撃つのをやめ、はさみを持ってきて、寝ているおおかみのおなかを切り開きました。二、三回切っていくと、赤いずきんが見えました。もうすこし切っていくと、むすめがとびだしてきて、さけびました。

「ああ、こわかった。おおかみのおなかの中って、まっ暗なのね」

それから、おばあさんも生きて出てきました。赤ずきんは、大きな重い石をいくつも持ってきて、それをおおかみのおなかにつめこみました。おおかみは目をさますと、とんで逃げようとしました。けれども、石があんまり重たくて、すぐに、たおれて死んでしまいました。

狩人は、おおかみの毛皮を手に入れました。おばあさんは、赤ずきんが持ってきてくれたケーキとワインで元気になりました。

そして、赤ずきんは、（これからはもう、けっして道草をくわないことにするわ）と思いました。これで、三人とも満足しました。

KHM 15 HÄNSEL UND GRETEL

ヘンゼルとグレーテル

むかし、ある大きな森の近くに、まずしいきこりが、おかみさんとふたりの子どもといっしょにくらしていました。男の子はヘンゼルといい、女の子はグレーテルという名前でした。きこりはまずしくて、食べる物もほとんどありませんでした。

あるとき、国じゅうがひどい飢饉におそわれると、きこりには毎日のパンさえなくなってしまいました。ある晩、きこりはベッドに入っても、心配でねむれず、ため息をつきながらおかみさんに、

「おれたちはこれからどうなるかなあ。自分たちさえ食べる物がないっていうのに、どうやって子どもたちに食べさせたらいいんだろう」といいました。

するとおかみさんがいいました。

「いい考えがあるよ、あんた。明日の朝はやく、子どもたちを森へつれていこう。そこで焚き火をして、パンをひとつずつやっておいて、わたしたちは仕事へいってしまうのさ。うちへ帰る道なんかわかりっこないよ。そうすりゃ子どもをやっかいばらいできるじゃないか」

「とんでもない。そんなことはできない。子どもたちを森の中に置き去りにするなんて、とてもできない。けものにひきさかれてしまうじゃないか」と、きこりはいいました。

「ばかだね、あんたは。それじゃあ、四人そろって飢え死にしなけりゃならないんだよ。棺桶の板でもけずっとくしかないよ」おかみさんはそういって、むりやり、きこりに承知させました。きこりは、

「それでも、やっぱり子どもたちがかわいそうだ」といいました。

ふたりの子どもたちはおなかがすいてねむれなかったので、

お母さんがお父さんにいったことをぜんぶ聞いてしまいました。グレーテルは、

「わたしたち、もうおしまいね」と、ヘンゼルにいって、はげしく泣きました。

「しっ、グレーテル。泣くんじゃないよ。ぼくがなんとかするから」と、ヘンゼルはいいました。そして、お父さんとお母さんがねむってしまうと、おきあがって上着を着、くぐり戸をあけて、こっそり外へ出ました。外は月が明るくてっていました。あたりの小石が銀貨のように光ってみえました。ヘンゼルは小石をひろい、ポケットに入るだけつめこみました。それからうちへもどって、グレーテルに、

「心配しなくていいよ、グレーテル。安心しておねむり。神さまはぼくたちを見すてやしないよ」といいました。それから、横になってねむりました。

夜が明けると、お日さまがのぼる前に、お母さんが来て、

「さあ、おきるんだよ。あんたたち、なまけ者だねえ。森へ焚き木取りに行くよ」といいました。そして、ふたりにパンをひとつずつくれて、

「これは、お昼だよ。お昼前に食べるんじゃないよ。ほかには何もないんだから」といいました。グレーテルは、ヘンゼルのポケットが小石でいっぱいなので、パンを受けとり、前かけにはさみました。

みんないっしょに森へむかって歩きはじめました。しばらく行くと、ヘンゼルは立ちどまって、家のほうをふりかえりました。何度も同じことをするので、お父さんが、

「何をふりかえって見ているんだ。さっさと歩きなさい」といいました。するとヘンゼルは、

「ぼくの白い子猫を見てるんだよ。あいつ、屋根にのぼって、ぼくにさよならをいってるんだもの」といいました。

「ばかだね、あれはおまえの子猫なんかじゃない。朝日が煙突にさしてきただけさ」と、お母さんがいいました。ほんとは、ヘンゼルは子猫を見ていたのではなく、ポケットから白い小石をだして、道にまいていたのでした。

森のおくまで来ると、お父さんが、

「さあ、子どもたち、焚き木を集めておいで。寒くないように、焚き火をたいてやろう」といいました。ヘンゼルとグレーテルは焚き木を集めてきて、山ほども高く積み上げました。火がつけられ、炎が高く上がると、お母さんがいいました。

「さあ、子どもたち、火にあたって休みなさい。わたしたちはおくへ行って、木を切ってくるからね。終わったらむかえにきてやるよ」

ヘンゼルとグレーテルは腰をおろして火にあたりました。お昼になると、それぞれパンを食べました。斧が木を打つ音が聞こえたので、お父さんはすぐ近くにいると思っていました。けれどもそれは斧ではなく、枯れた木にぶらさげた枝が、風にゆられて木にあたって鳴る音だったのです。やがて、ふ

たりはねむくなって、ぐっすりねむりこんでしまいました。

目がさめてみると、あたりはもうまっ暗な夜になっていました。グレーテルは、

「どうやったら森から出られるかしら」といって泣きました。

ヘンゼルは、

「お月さまがのぼるまで待とう。そうすれば、きっと道はわかるよ」といって、グレーテルをなぐさめました。

やがてまん丸なお月さまがのぼると、ヘンゼルはグレーテルの手をとって、小石をたどって歩きだしました。小石は、まるでできたての銀貨のようにきらきら光って、道を教えてくれました。

ふたりは夜どおし歩きました。朝日がのぼるころ、お父さんの家に着きました。戸をたたくとお母さんが戸をあけてくれました。ふたりを見ると、お母さんは、

「しようのない子たちだねえ。いつまで森で寝ていたんだ。もう帰ってこないつもりかと思っていたよ」といいました。

けれども、お父さんは、置き去りにしてきたことを悔やんでいたので、大よろこびしました。

まもなく、国じゅうがまた飢饉におそわれました。ある夜、子どもたちは、お母さんがベッドの中でお父さんに話しているのを、聞いてしまいました。

「また食べる物がなくなってしまったよ。パンが半分のこっているだけさ。あれを食べてしまったら、すべておわりだよ。子どもたちをなんとかしなくちゃ。森のもっとおく深くまでつれていこう。そうすりゃ帰ってくる道はわからないよ。わたしたちには、それ以外に助かる方法はないんだよ」

きこりはつらくて、(最後のひときれを子どもたちとわけて食べたほうがいい)と、思いました。

けれどもお母さんは、お父さんのいうことなんかぜんぜん聞かず、お父さんをののしりました。一度みとめてしまったら、二度めにもみとめないわけにいきません。お父さんはとうとう承知してしまいました。

お父さんとお母さんがねむると、ヘンゼルはおきあがりました。そして、また、小石をひろいに外へ出ようとしましたが、お母さんが戸に鍵をかけてしまったので、出られません。それでも妹をなぐさめて、

「泣くんじゃないよ、グレーテル。神さまがきっと助けてくれるから、安心してお休み」といいました。

朝早く、お母さんが来て子どもたちをおこしました。そしてパンをくれましたが、それは前よりもっと小さなパンでした。森へむかって歩いていくとちゅう、ヘンゼルはポケットの中でパンをちぎり、ときどき立ちどまってはそれを地面へまきました。するとお父さんが、

「ヘンゼル、どうして立ちどまって、ふりむいたりするんだ。さっさと歩きなさい」といいました。

「ぼくの鳩を、見てるんだよ。あいつ、屋根の上にとまって、

ぼくにさよならをいってるんだもの」と、ヘンゼルは答えました。すると、お母さんが、

「ばかだね。あれは鳩なんかじゃない。朝日が煙突にさしてきただけさ」といいました。

ヘンゼルはときどきパンをちぎって地面にまいていきました。

お母さんは子どもたちを、今まで来たことがないほど、森のおく深くまでつれていきました。そして、また大きな焚き火がたかれました。お母さんがいいました。

「さあ、子どもたち、腰をおろして待っていなさい。つかれたらねむっていいよ。わたしたちは森のおくで木を切ってる。夕方、仕事がおわったらむかえにくるからね」

お昼になると、グレーテルはヘンゼルにパンをわけてあげました。ヘンゼルはとちゅうで自分のパンをまいてきてしまったからです。それからふたりはねむりました。夜になっても、だれもむかえにきません。目をさましたときには、まても、だれもむかえにきません。

夜中になっていました。ヘンゼルは妹をなぐさめて、

「月が出るまで待つんだよ、グレーテル。月が出たら、ぼくがちぎってまいてきたパンが見えて、おうちに帰る道がわかるよ」といいました。

月がのぼると、ふたりは歩きはじめました。けれどもちぎってまいたパンが見えません。森や野原の何千という鳥がつついて食べてしまったのです。ヘンゼルはグレーテルに、

「道はなんとかわかるよ」といいましたが、わかりません。ふたりは一晩じゅう歩きつづけました。つぎの日も朝から晩まで歩きました。それでも森からぬけだすことはできません。食べる物といったら、野いちごくらいしかありません。おなかはぺこぺこになり、疲れて歩けなくなったので、ふたりは木の下に横になってねむりました。

お父さんの家を出てから、もう三日めの朝になりました。ふたりはまた歩きはじめましたが、ますます森のおく深く入ってしまいました。

お昼頃、木の枝に、雪のように白いきれいな小鳥がとまって、歌っているのが見えました。その声がとてもきれいだったので、ヘンゼルとグレーテルは立ちどまって、じっと聞きいりました。小鳥は歌いおわると、羽根をひろげて、二人の前をとんでいきました。ふたりがそのあとをついていくと、やがて一軒の小屋があり、小鳥はその小屋の屋根にとまりました。近づいてよく見ると、その小屋はパンでできていて、屋根はケーキでできており、窓ガラスはすきとおった砂糖でできていました。

「さっそく食べようよ。きっとおいしいよ。ぼくは屋根を一口食べるから、グレーテル、君は窓を食べなよ。きっとあまいよ」と、ヘンゼルがいいました。

ヘンゼルは背伸びして屋根をちぎり、どんな味がするか、食べてみました。グレーテルは窓に顔をよせて、カリカリか

じりました。すると、部屋の中から、やさしい声が聞こえてきました。

カリカリ　カリカリ　カリカリと
わたしのおうちをかじるのは、だあれ
ふたりの子どもたちは、

風だよ、風だよ
天の子だよ

と、答えて、かまわず食べつづけました。

ヘンゼルは、屋根がおいしかったので、こんどは大きく取って食べました。グレーテルは窓ガラスをまるごとはぎとって、腰をおろして食べました。

そのとき、突然ドアがあいて、ひどく年をとったおばあさんが、杖をつきながら出てきました。ヘンゼルとグレーテルはとてもおどろいて、手に持っていたものを落としてしまいました。おばあさんは、頭をぐらぐらさせながら、

「おや、かわいい子どもたち、だれがここへ案内したんだい。まあ、お入りなさい。ゆっくりしていくといいよ。何もあぶないことはないからね」といいました。そして、ふたりの手をとって、家の中へ入れてくれました。

おばあさんは、おいしいごちそうをだしてくれました。砂糖のかかったホットケーキや牛乳や、りんごにくるみもありました。ご飯がおわると、ふたつのベッドに白いシーツがかけられ、ヘンゼルとグレーテルはそこにもぐりこみました。

ふたりはまるで天国にいるように思いました。

けれども、おばあさんは親切そうに見せかけているだけで、じつは、子どもたちを待ちぶせしているわるい魔女だったのです。お菓子の家は、子どもたちをおびきよせるためにつくったものでした。だれかがうまくひっかかると、魔女はその子を殺し、煮て食べるのでした。朝早く、子どもたちがまだねむっているうちに、魔女はおきました。そして、ふたりの子どもが、まっ赤なほっぺたをして、かわいらしい寝顔でねむっているのを見ると、

「これはうまいごちそうになるぞ」と、つぶやきました。

魔女は細い手でヘンゼルをつかみ、小さな家畜小屋へつれていって、格子戸の中にとじこめました。ヘンゼルは大声をあげてさけびましたが、どうにもなりませんでした。それから魔女はグレーテルのところへ行って、

「さあ、おきるんだ、このなまけ者め。水をくんできて、家畜小屋にいる兄ちゃんに何かうまいものをつくってやりな。あいつが太ったら食べるんだから」といいました。

グレーテルははげしく泣きだしました。けれど、どんなに泣いてもだめでした。わるい魔女にいわれたとおりしなければなりませんでした。ヘンゼルにはいちばん上等の食べ物があたえられましたが、グレーテルはざりがにの皮しかもらえませんでした。

毎朝、魔女は家畜小屋へ行って、

「ヘンゼル、指をだしてごらん。あんたが太ったかどうか、見るんだから」といいました。

　ヘンゼルは鳥の骨をさしだしました。目がよく見えない魔女はそれをヘンゼルの指だと思って、いつまでたっても太らないのでふしぎに思いました。

　四週間たってもヘンゼルが太らないので、魔女は待ちきれなくなりました。それで、

「グレーテル、さっさと行って水をくんでこい。ヘンゼルが太ろうがやせていようが、あした、つぶして煮てしまうんだ」と、どなりつけました。

　かわいそうに、グレーテルは、水を運びながら泣きました。涙がほおをつたって流れました。

　グレーテルは朝早くおきて、大きな鍋に水を入れ、火をおこさなければなりませんでした。それから魔女が、

「まずパンを焼こう。もう粉はこねてあるし、パン焼き窯には火が入れてある」といいました。

　そして、グレーテルをこづいて、炎をだしているパン焼き窯のほうへ行かせました。

　魔女は、

「さあ、パン焼き窯がじゅうぶん熱くなっているかどうか、中へ入って見てこい」といいました。グレーテルが中へ入ったら、パン焼き窯の口をしめて、グレーテルを焼いて食べてしまおうと思ったのです。グレーテルはそれに気づいて、

「わたし、どうやったらいいか、わからないわ。やってみせてちょうだい」といいました。

　魔女は、

「ばかだね、おまえは。パン焼き窯の口はこんなに大きいじゃないか。よく見てな、こうやるんだよ」といって、よたよたとパン焼き窯に近づき、頭をパン焼き窯の口へつっこみました。

　そのとき、グレーテルが魔女をパン焼き窯の中へおしこみ、鉄のとびらをしめ、かんぬきをかけてしまいました。魔女はおそろしい声でさけび、焼け死んでしまいました。グレーテルは、すばやく家畜小屋へかけていき、戸をあけて、

「ヘンゼル、わたしたち、助かったのよ。魔女は死んだわ」とさけびました。

　ヘンゼルは、鳥かごの戸をあけてもらった小鳥のようにとびだしてきました。ふたりは大よろこびして、首にだきつき、キスしあい、ぐるぐるはねまわりました。

　ふたりは、もうこわいものはなくなったので、魔女の家へ入っていきました。すると、部屋のあちこちに、真珠や宝石の入った箱がありました。ヘンゼルは、

「小石よりこのほうがずっといいや」といって、真珠や宝石をポケットにつめこめるだけつめこみました。グレーテルも、

「わたしもすこしうちへもって帰るわ」といって、前かけにいっぱい入れました。

「でも、そろそろ帰ろうよ。この魔女の森からぬけださなくちゃ」と、ヘンゼルがいいました。

何時間か歩いていくと、大きな川がありました。ヘンゼルは、「丸木橋もなければ、橋もない。これじゃ渡れないなあ」といいました。

「渡し舟もないのね」と、グレーテルはいいました。「でも、あそこに白い鴨が一羽泳いでるわ。おねがいすればきっと渡してくれるわよ」

グレーテルはさけびました。

「鴨さん、鴨さん、グレーテルとヘンゼルよ。丸木橋も橋もなくて渡れないの。あなたの白い背中に乗せてくれない」

すると、鴨がこっちへ泳いできました。ヘンゼルはその背中に乗って、グレーテルにもいっしょに乗るよう、すすめました。けれどもグレーテルは、

「だめよ。鴨さんには重すぎるわ。ひとりずつ渡してもらいましょう」といいました。

鴨はそのとおり、ひとりずつ渡してくれました。

ヘンゼルとグレーテルは向こう岸へ渡ると、どんどん歩いていきました。森のようすは、だんだん見たことがあるようになってきました。そして、やっと、遠くのほうにお父さんの家が見えました。ふたりは走りだしました。そして家にとびこむと、お父さんの首にだきつきました。

お父さんは、子どもたちを森に置き去りにしてからというもの、楽しい時はひと時もありませんでした。お母さんは亡くなっていました。グレーテルは前かけをふりました。すると、真珠や宝石が部屋じゅうにちらばりました。ヘンゼルも、ポケットから次つぎに真珠や宝石をだしました。これで、もう心配は何もなくなりました。ヘンゼルとグレーテルはお父さんといっしょに、楽しくくらしました。

わたしのメルヒェンはこれでおしまい。あそこにねずみが走ってるよ。あれをつかまえた人は、大きな、大きな帽子をつくっていいですよ。

KHM 50
DORNRÖSCHEN

いばら姫

　昔むかし、王さまとおきさきがありました。おふたりには、子どもがありませんでした。それでおふたりは毎日、

「ああ、わたしたちに子どもがひとりでもあればなあ」と、話しあっていました。けれども子どもはさずかりませんでした。

　あるときのこと、おきさきが水あびをしていると、水の中からかえるがあがってきて、おきさきにむかっていいました。

「あなたのねがいはかなえられます。まもなく女の子が生まれるでしょう」

　やがて、かえるが予言したとおりになりました。おきさきには、きれいな女の子が生まれました。王さまはうれしくてたまらず、盛大なお祝いの会をひらきました。親せきや、友人や、知りあいを招待したばかりでなく、占い女たちも招待しました。占い女たちが、この子によくしてくれるようにとねがったからです。占い女たちは、この国に十三人いました。けれども城には、ごちそうをだす金のお皿が十二枚しかありませんでした。それで王さまは、ひとりだけは、招待することができませんでした。招待された占い女たちは、みなやってきました。

　お祝いの宴がおわるころ、占い女たちは、生まれた子にそれぞれすばらしい贈り物をさずけてくれました。ひとりの女は徳を、もうひとりの女は美しさを、そして三番めの女はゆたかな富を。そうやって、この世にあるかぎりのすばらしいものがさずけられました。十一人の女たちが贈り物をさずけたとき、招待されなかった十三人めの女がとつぜん入ってきて、大声でさけびました。

「この子は十五歳になったら、つむを指にさして死ぬであろう」そしてくるりとむきをかえて、出ていってしまいました。

すると、まだ贈り物をしていなかった十二人めの女が歩みでました。この女にもわるい予言をとり消すことはできませんでしたが、それを弱めることはできるので、こういいました。「けれどもそれは死ぬのではなくて、お姫さまが、ただ百年のねむりにおちることにしましょう」

王さまはかわいい子を、このおそろしい呪いからまもろうと思いました。それで、国じゅうのすべてのつむを焼きすてるようにという命令をだしました。

お姫さまには、占い女たちのあたえたものがすべてそなわりました。お姫さまはとても美しく、やさしく、そしてかしこくて、お姫さまを見たものは、だれでも愛さずにはいられませんでした。

お姫さまがちょうど十五歳になった日に、王さまとおきさきがお出かけになり、お姫さまがひとり、城にのこりました。お姫さまはあちこち歩きまわって、城の中を好きなだけ見てまわりました。

そしてしまいに、古い塔にやってきました。そこには、せまいらせん階段があって、それをのぼっていくと、小さなとびらがありました。鍵穴には、さびた鍵がささっています。お姫さまは、その鍵をまわしてみました。すると、とびらがいきおいよく開きました。その部屋の中では、年とったおばあさんがひとりすわって、糸車をぐるぐるまわしながら麻糸をつむいでいました。

「まあ、おばあさん。ここで何をしているの」と、お姫さまがたずねました。「糸をつむいでいるんだよ」おばあさんはうなずきながら答えました。お姫さまは、

「いきおいよく、ぐるぐるまわってるのね」といって、そのつむをとり、自分でもつむいでみようとしました。

ところがお姫さまがつむにさわるやいなや、あの占い女の呪いがほんとうになって、お姫さまは指につむをさしてしまいました。

そのとたん、お姫さまは、ベッドにたおれて深いねむりにおちました。ちょうどそのとき帰ってきた王さまとおきさきは、おつきの人たちといっしょにねむりました。庭の馬もねむったし、ぶちの猟犬もねむりました。屋根の鳩も、壁にとまっている蠅もねむりました。かまどでめらめら燃えていた火もしずまり、ねむりこみました。焼き肉はジュウジュウいうのをやめ、料理人は、何かしっぱいをした小僧をひっぱたこうとして、手をふりあげたままねむりました。お手伝いさんは、羽をむしっていた黒いにわとりを前に置いたままねむりました。風もとまり、城の前の木ぎの葉もねむりました。あたりはしずまりかえりました。

城のまわりには、いばらがしげりはじめ、垣根のようになりました。それは年ごとに高くなり、しまいに城をとりかこんで、なおもどんどん高くのび、とうとう城ぜんたいをつつみこんで、屋根も城の旗も見えなくしてしまいました。

やがて、その国には、ねむっている美しい王女の伝説がひろがり、その王女は、いばら姫とよばれるようになりました。ときどきよその国の王子たちがやってきて、ねむっている美しい王女を見ようと、いばらの垣根を通りぬけて城の中へ入っていこうとしました。けれども、それはだれにもできませんでした。いばらがまるで手のように王子たちをつかまえ、王子たちはそのいばらにひっかかって、みじめに死んでいかなければならなかったのです。

長い長い年月がたったころ、またひとりの王子がその国へやってきました。あるおじいさんが、王子に話してきかせました。

「このいばらの垣根の中には城があるということじゃ。そしてその城の中では、いばら姫とよばれる美しい王女が、王さまやおきさきといっしょにねむっている。わしのじいさんの話では、たくさんの王子がやってきて、いばらの垣根を通りぬけて城に入っていこうとしたけれど、みないばらにひっかかって悲しい最期をとげたということじゃ」

この話を聞くと、王子がいいました。

「ぼくはちっともこわくない。ぼくはそこへ入っていって、美しいいばら姫を見てこよう」

おじいさんは、なんとかして思いとどまらせようとしましたが、王子は、いうことをききませんでした。

その王子が来た日は、ちょうど百年の年月がすぎさるとき

でした。王子がいばらの垣根に近づいていくと、垣根はいちめん美しい花になって、ひとりでに道を開いたので、王子はすこしも傷つかず、いばらの中を通りぬけることができました。王子が通りすぎると、そのうしろで、いばらはまた垣根になって道をとじました。

王子は城の中へ入っていきました。庭では馬がねむっており、ぶちの猟犬もねむっていました。屋根の上では、鳩が小さな頭を羽の下につっこんでねむっていました。建物の中へ入っていくと、蠅が、壁でねむっていました。台所では、料理人が手をあげたままねむっていました。そしてお手伝いさんは黒いにわとりを前においてねむっていました。王子は、どんどんおくへ入っていきました。見ると、おつきの人びとがみんな横になってねむっていました。玉座では、王さまとおきさきがねむっていました。

王子は、もっとおくへ入っていきました。あたりはすっかりしずまりかえっていて、自分の息さえ聞こえるようでした。しまいに塔のところに来ました。そこには、せまいらせん階段があって、それをのぼっていくと、小さなとびらがありました。鍵穴には、さびた鍵がささっています。王子は、鍵をまわしてみました。すると、とびらがいきおいよくあいて、小さな部屋の中にいばら姫がねむっていました。

王子は、ねむっているいばら姫があんまり美しかったので、目をはなすことができず、かがみこんでキスをしました。そのとたん、いばら姫は目をぱっちりあけました。そして王子をやさしく見つめました。それからふたりは、いっしょに下へおりていきました。

王さまもおきさきも目をさましました。そして、おつきの人びともみな目をさましました。庭の馬は立ちあがり、びっくりしてたがいに顔を見あわせました。ぶちの猟犬は、とびあがってしっぽをふりました。屋根の上の鳩は、小さな頭を羽の下から持ちあげ、あたりを見まわして、野原へとんでいきました。壁の蠅は、また動きはじめました。台所の火は燃えあがり、食べ物を煮はじめました。焼き肉はジュウジュウいいはじめました。料理人は手をふりおろして小僧のほっぺたに一発くらわせました。小僧は大声をあげて泣きました。お手伝いさんは黒いにわとりの羽をむしりおえました。

それから、王子といばら姫の結婚式がすばらしく盛大におこなわれ、ふたりは一生幸せにくらしました。

KHM 27
DIE BREMER STADTMUSIKANTEN

ブレーメンの町楽隊

むかし、一頭のろばが、主人に飼われていました。ろばは、長いあいだ主人のためによくはたらいてきたのですが、今はすっかり力がおとろえて、ほとんど役にたたなくなりました。情知らずな主人は、そろそろろばを殺そうと思いました。それに気づいたろばは、こりゃあ、風むきがわるいぞと、そこを逃げだし、ブレーメンへむけて旅に出ました。ブレーメンへ行けば、町の楽隊になれる、と思ったのです。

　しばらく歩いていくと、猟犬が道ばたに横になっていました。その犬は、走りすぎてくたくたになったみたいに、はあはあ息を切らしていました。

　ろばは、

「おまえさん、どうしてそんなに息を切らしてるんだい」と、ききました。

　犬は、

「ああ、わしは年をとってしまってなあ、日一日と弱くなって、もう狩りにも行けなくなったもんで、ご主人はわしを撃ち殺そうとなさったんだ。それで、わしはいちもくさんに逃げだしてきたのさ。だが、これからどうやってくらしていったらいいものやら」といいました。

　するとろばがいいました。

「まあ、聞きなよ。わしはこれから、ブレーメンへ行って、町の楽隊になるんだ。あんたもいっしょに行って、楽隊にならないか。わしがギターをひくから、あんたは、たいこをたたけよ」

　犬はその気になって、いっしょに行きました。しばらくすると、一ぴきの猫がひどくしずんだ顔をして道ばたにすわっていました。

　ろばは、

「おやおや、何をそんなに困ってるんだね」と、ききました。

猫は、

「わたしは、年をとってしまいましてね、ねずみを追っかけるよりも、暖炉のうしろにすわって、考え事をしているほうがよっぽどよくなったんですよ。なのに、うちのおくさんは、役たたずといって、わたしを水につっこんで、おぼれ死にさせようとしたんです。わたしは、逃げてはきたんだけど、これからどうしてくらしたものかと、考えていたところですよ」と、いいました。

するとろばがいいました。

「わしらといっしょに、ブレーメンへ行こう。あんたは、夜の歌がうまいだろう。町の楽隊になれるよ」

猫はその気になって、いっしょに行きました。

三びきの逃げだし組は、ある屋敷のそばをとおりかかりました。すると、門の上におんどりがとまって、力まかせにさけんでいました。

ろばがいいました。

「あんたのさけび声は骨のずいまでひびくなあ。だけど、何をわめいているんだね」

おんどりが答えました。

「天気がいいから、みんな洗濯するようにってさけんでるんだ。きょうは聖母マリアさまの日だろ。マリアさまも、おさな子イエスの下着を洗ってほそうというわけだ。だが、あしたは日曜日で、お客さんが来るだろ。うちのおくさんはひどい人で、あした、このわたしをスープにしてだすようにと、お手伝いさんにいったよ。わたしは、きょう、首をちょんぎられるんだ。だから、さけべるあいだに、声をかぎりにさけんでいるのさ」

これを聞いてろばがいいました。

「なんだ、赤いとさかのおんどりさん。そんなら、わしらといっしょに行こうじゃないか。わしらはブレーメンへ行くんだ。どこへ行ったって、死ぬよりいくらかましなことがあるもんだぜ。おまえさんはなかなか声がいい。みんなで楽隊をやれば、ちょっとしたものになるんじゃないか」

おんどりは、ろばのさそいが気にいって、それで、四ひきがいっしょに歩きだしました。

けれども、ブレーメンの町には、その日のうちに着くことができませんでした。夜になるころ、森にさしかかったので、森の中で泊まることにしました。ろばと犬は、大木の下で横になり、猫とおんどりは、木の上のほうへのぼりました。

おんどりは、木のてっぺんまでのぼっていって、いちばん安全と思われるところにとまりました。そして、もう一度、四方をながめまわしてみると、木ぎのむこうに、なんだか光るものが見えました。それで、仲間に、

「おーい、あかりが見えるぞ。森のおくに家があるにちがいない」とさけびました。

するとろばが、

「それじゃ、そこへ行こうじゃないか。ここじゃねむれそうもないし」といいました。

犬も、

「そうだ。それに、骨と肉のかけらぐらいにはありつけるかもしれないし」といいました。

みんなは、あかりを目ざして行きました。あかりはだんだん明るく、だんだん大きくなってきました。まもなく、こうこうとあかりのついている家につきました。その家はどうやら盗賊の家のようでした。いちばん大きなろばが、窓から中をのぞきこみました。

「何が見える、あし毛のろばさん」と、おんどりがききました。

「何が見えるかって。すばらしいごちそうと飲み物がテーブルにならんでいて、盗賊たちが、えらく楽しそうにやってるぜ」と、ろばがいいました。

「うらやましいなあ」と、おんどりがいいました。

「ああ、中に入りたい」と、ろばもいいました。

四ひきは、どうやったら、盗賊たちを追っぱらうことができるか相談しました。そして、いい方法を思いつきました。まず、ろばが前足を窓辺にかけて立ちました。犬がろばの背中にのりました。猫が犬の背中にはいあがりました。最後に、おんどりが高くまいあがって、猫の頭の上にとまりました。

準備ができると、みんなは、「いち、にの、さん」で、いっせいに音楽を始めました。ろばはさけび、犬はほえ、猫はニャオニャオ鳴き、おんどりがコケコッコーと鳴きました。みんなでさけびながら、いっせいに窓をやぶって、中にとびこみました。

窓のガラスは、ガチャン、ガチャンと床へ落ちました。盗賊たちは、おそろしいさけび声におびえ、ばけものがとびこんできたにちがいないと、ふるえあがって、森へ逃げだしました。

四ひきの仲間は、テーブルについて、のこっていたごちそうを、がつがつ食べました。

四ひきは食べおわると、それぞれ自分にあった寝床をさがしました。ろばは庭のたい肥の上に、犬はとびらのかげに、猫はかまどの上に、おんどりは天井の梁の上に、それぞれ寝床を見つけました。それから、家のあかりをぜんぶ消しました。みんな長い旅でつかれていたので、すぐにねむりました。

ま夜中すぎ、盗賊たちは、家のあかりがぜんぶ消えたのを遠くから見とどけました。盗賊の親玉はいいました。

「おれたちは、すこしあわてすぎたのかもしれん」

そしてひとりの手下に、家のようすを調べてこいと命じました。

命じられた盗賊が行ってみると、家じゅうしずまりかえっています。台所に入ってあかりをつけようと思い、マッチを手にとりました。そして、らんらんと光る猫の目を見て、炭火がまだのこっているのだと思って、火をつけようと、マッチを近づけました。けれども猫にじょうだんはつうじません。猫は、男の顔にとびかかって、顔をひっかき、つばをはきかけました。

盗賊はぎょうてんして、うら木戸からとびだそうとしました。ところが、そこに寝ていた犬が、とびあがって、盗賊の足にかみつきました。それから、庭のたい肥のそばを走りぬけると、ろばが、うしろ脚で力いっぱいけとばしました。このさわぎでねむりからおこされ、すっかり目のさめたおんどりは、家の中から大声で「コケコッコー、コケコッコー」と、さけびました。

盗賊はあわてふためいて、親玉のところへかけもどっていいました。

「親分、あの家には、おそろしい魔女がいすわっていますぜ。そいつは、長い爪でおれの顔をひっかき、息をはきかけやがった。おまけに、とびらの前には、ナイフを持った男が立っていて、おれの足をつきさしたんだ。そのうえ、うら庭には、黒い怪物がいて、そいつが、こんぼうでなぐりかかってくるしまつだ。それだけじゃない、屋根には、裁判官がすわっていて、『そのやろうを、ここへつれてこい』と、どなりまくるんで、おれは、もうむちゅうで逃げてきたんだ」

それからというもの、盗賊たちは二度とふたたび、この家によりつこうとはしませんでした。

いっぽう、四ひきのブレーメンの町楽隊は、この家がたいへん気にいって、二度と家から出ていこうとしませんでした。この話を聞かせてもらったのは、ついこのあいだなんですよ。

〈出典〉本書に収録したグリム童話の出典は、小峰書店から出版されている『語るためのグリム童話』シリーズである。各話が収録されている巻は以下のとおりである。

「がちょう番のむすめ」―小澤俊夫監訳『語るためのグリム童話⑤ もの知り博士』小峰書店、2007年。

「ラプンツェル」―小澤俊夫監訳『語るためのグリム童話① ヘンゼルとグレーテル』小峰書店、2007年。

「赤ずきん」―小澤俊夫監訳『語るためのグリム童話② 灰かぶり』小峰書店、2007年。

「ヘンゼルとグレーテル」―小澤俊夫監訳『語るためのグリム童話① ヘンゼルとグレーテル』小峰書店、2007年。

「いばら姫」―小澤俊夫監訳『語るためのグリム童話③ 白雪姫』小峰書店、2007年。

「ブレーメンの町楽隊」―小澤俊夫監訳『語るためのグリム童話② 灰かぶり』小峰書店、2007年。

〈挿絵〉オットー・ウベローデ

●資料

ヤーコプ・グリム 自叙伝

小澤俊夫 訳

ヤーコプ・グリムは、1831年に出版されたC.W.ユスティの『ヘッセンの学者、作家、芸術家の歴史のための基礎資料』に自身の伝記を寄稿している。この資料からは、兄弟の幼少期からゲッティンゲンに移り住む頃までを詳しく知ることができる。兄弟ゆかりの地をまわる前に一読しておくのはいかがだろうか。（著者）

グリム（ヤーコプ・ルートヴィヒ・カール）。私の祖先および近親者の名前は、シュトリーダーのVの一一七―一二四ページ、三四〇ページ、三四一ページにでています。私は両親の次男として一七八五年一月四日、ハーナウで生まれました。私の父は、私が六歳のとき、彼の生地、街道すじのシュタイナウの裁判官に任命されました。それで、私の少年時代の一番はっきりした思い出は、草原がたくさんあり、美しい山やまにかこまれたこの地方にあります。けれども、一七九六年一月十日、父は、あまりにも早くこの世を去りました。黒い柩を、黄色いレモンとまんねんろうを手にしたかつぎ手たちが担っていく様子を、わきの窓から見ていたことが、今でもはっきり脳裡に浮かびます。私は父のことをすべてはっきり思い浮かべることができます。父はとても勤勉で、きまじめで、やさしい人でした。父の部屋、父の書きもの机、きれいに手入れされた本の並んだ書棚、そればかりか、並んだ本の赤や緑の背文字まで、はっきり目の前に浮かんできます。

私たち兄弟と妹は、口やかましく言われたわけではありませんが、父の生き方を通して、きびしくプロテスタント精神を吹きこまれました。この小さないなか町で、数こそわずかでしたが、わたしたちにまじってくらしていたルーテル派の人たちを、私は、親しくつきあうことの許されない、よその人間と感じていました。そして、一時間もはなれたザルミュンスターからよくやってくるカトリック信者は、その色あざやかな衣裳からすぐにそれとわかるのですが、私は、奇妙な、近づきがたいような感じをもっていました。そして今日でも私は、ごく素朴な、プロテスタント流にしつらえられた教会でなければ、ほんとうに、心から敬虔な気持ちになれないような気がします。信仰全体が、それほど強く、少年時代の最初の印象に左右されるのです。けれども、少年の空想は、プロテスタントのがらんとした、飾り気のない教会の空間にさまざまな立像や画像を生き生きとよびだすことができます。私の心のなかに、もっとも強く敬虔の火がともされたのは、私の堅信礼の日に、はじめて聖餐を受けたあと、かつて私の祖父が説教壇に立った教会の祭壇のまわりを、母が歩いているのを見たときでした。

私たちは、具体的方法は知りませんでしたが、祖国への愛を強くうえつけられていました。口にだして言われたわけではありませんが、両親の一挙手一投足のなかから、それ以外の感情をくみとることなど、ありえなかったのです。私たちは、私たちの選帝侯を、この世の最良の方と思い、私たちの国を、あらゆる国のうちでもっとも恵まれた国と思っていました。私の四番めの弟は、のちに兄弟のうちでもっとも早く、もっとも長期にわたって外国暮らしをしなければならなくなるのですが、その彼が、子どもの頃、ヘッセン国の地図のなかの町をすべて他の国の町より大きく、川をすべて他の国の川より太くかいたことを、今思いだします。私たちは、一種の軽蔑の念をもって、例えばダルムシュタット人を見下していました。

私たちは、公立学校教師ツィンクハーンから教えをうけましたが、彼からは、勤勉ときびしい綿密さ以外にはほとんど何も得るものはありませんでした。けれども、彼の個性的な言動のなかから、楽しい冗談、成句、風習が私たちの心に残りました。その頃すでに両親の部屋にかかっていて、今でも私の住居で使っている掛け時計の白い文字盤の針を見ながら、私はよく、青い上衣に黒いズボンとチョッキを着た先生がもう来ちゃうなあ、とか、早く授業が終わらないかなあ、と思ったものでした。

まもなく、私たちの、より基本的な教育のことを考えなければならなくなりました。母の財産はわずかしかなかったので、母の姉妹のひとり、ヘンリエッテ・フィリッピーネ・ツィンマーが母を心から助けてくれなかったならば、母は私たち六人の子どもを教育することはできなかったでありましょう。この叔母はヘッセンの先年亡くなられた選帝侯夫人、当時の言い方でいえばヘッセン伯夫人のもとで女官長をつとめており、私たちに純粋で献身的な愛情を示してくれました。この叔母が一七九三年に、私と弟のヴィルヘルムをカッセルによびよせ、費用をだして、その地の高等中学校で教育を受けさせてくれたのでした。

私は最初、上から第五番めの学級に入れられました。それほどおくれていたのです。けれどもそれは私のせいではなく、ただ単にこれまでの授業が不充分だったからです。なにしろ私は、小さい頃から、勉強は非常に好きだったのです。入学してからは、どんどん進級し、ほとんどいつも首席でした。練習問題によって席次を競う土曜の午前中は、重要な、緊張した時間でした。

一七九八年から一八〇二年にかけての、カッセルでの学校時代を思いおこしてみると、この時期に実にたくさんのことを学んだことは確かで、それには感謝いたします。けれども当時のその学校は、高等中学校として完全なものとはとてもいえなかったと思います。校長はリヒター教授で、徹底した文献学者でした。エルネスティの学校の出身だったと思います。彼はたいへん熱のこもった授業によって、全生徒の心をつかむことができました。けれども、私の時代すでに、あまりに高齢のため、もう力を発揮できませんでした。副校長のホスバッハ氏は憂鬱症的で、気まぐれで、不安定な人でした。そして、教えることに喜びを感じていないことが、ありありと見てとれました。校内第四位の先生である、助教師のローベルト氏は、教授法が適切でなかったために、昔からよくあることですが、生徒の尊敬を失い、その授業は秩序正しくおこなわれず、しかるべき成果もあげませんでした。当時の校内第三位の教師、今でも同じ学校で、校長として活躍している、当時の助教師ツエーザー先生のばあいには、授業は秩序正しくおこなわれたし、たくさんのことを教えてもらいましたが、(亡くなられたリヒター先生のばあいのように)ひきこまれたと感じたことは一度もありませんでした。それはおそらく、都会出の生徒には皆「あなた」とよびかけるのに、私にだけは、古くからの習慣に従って「彼」とよびかけたことからくるのでしょう。それは、察するに、私が田舎から出てきたからであります。このような不公平は、その後とっくに是正されてはきましたが、先生はこうした不公平をけっして許してはいけません。それは全生徒に、はっきりわかってしまうからです。

当時、社会的、経済的にしっかり運営されていたこの学校全体でおこなわれた授業についても、のちになって、私は、いろいろな意味で欠陥があったと思いました。地理学、自然史、人類学、道徳、物理学、論理学、哲学(存在論とよばれたもの)のたくさんの授業がたいていは形式的におこなわれ、そして、高等中学校における青少年教育の基礎であるべき文献学と歴史学の時間がたくさん奪われました。

同じベンチに腰かけ、あるいは同じ机で勉強し、親しくつきあった同級生のなかでは、亡くなったマールスブルク出身のエルンスト・オットーと、パウル・ヴィーガントをあげたいと思います。ふたりとも、のちに、非常に異なった分野ではありますが、著作家として名を成しました。

毎日六時間の高等中学校における授業以外に、私は弟とともに、毎日四、五時間、小間使い教育掛りのディートマー・シュテア氏のところで個人授業を受けました。この人は、深い学識はありませんでしたが、教えることの喜びと愛情のこもった忍耐、私たちへの真実の思いやりで、それを十二分に補っていました。彼は特にフランス語を教えてくれましたが、ラテン語の補習もしてくれました。

けれども全体として、私たちは課せられたことが多すぎました。すこし自由な時間があったら楽しかったことでしょう。私たちはわずかな人としかつきあいませんでした。そして、学校の勉強で余った時間は、すべて絵をかくことに使いました。絵は、先生なしでもかなり上達しました。この趣味がのちに弟のルートヴィヒ・エーミールに影響し、彼はその後、銅版画でも油絵でも、抜きんでた才能を示すようになりました。

一八〇二年、当時長いこと危険な病気を患っていたヴィルヘルムより一年早く、私はマールブルク大学へはいりました。いつもひとつの部屋で暮らし、ひとつのベッドに寝ていた弟との離別は、私にとって非常につらいものでした。けれども、愛する母の財産はほとんどなくなっていたので、私の勉学をなるべく早く仕上げ、希望の就職をすることによって、母の心配の一部を取り除き、きぜんたる自己犠牲によって私たちに示してくれた大きな愛に、ほんの一部でも報いなければ、と思いました。私が法学を勉強した理由は、主として、亡くなった父が法律家だったからであり、また、母がそれをもっとも望んだからでありました。子どもや青年が、このような決心をしっかりと、決定的にする時期に、その学問の真の意味を理解できるはずもないではありませんか。とはいえ、父の職業に固執したことについては、自然な、無邪気な、そればかりか経済的な理由もあります。選択がずっとあとにおこなわれたのであれば、私は、例えば植物学のような学問以外には興味をもたなかったことでしょう。

亡くなった父自身もある程度予備的なことを教えてくれていました。私が十歳になる前に、ローマ法律全書のなかのいろいろな定義や法則を私に印象深く教えてくれました。また、自分の子どもたちが、いつの日にか使えるようにと、自分の仕事のなかの珍しい事例を、きれいな字で書きつけてくれてありました。

マールブルクでは、私は切りつめた暮らしをしなければなりませんでした。いろいろ約束されていたにもかかわらず、少しの援助も得ることはできませんでした。母親は裁判官未亡人であり、五人の息子たちをお国のために育てているのに、です。その一方で、マールスブルク出身の同級生には、ありあまるほどの奨学金が与えられていました。この友人は、ヘッセン国の高貴な貴族のひとりで、いつの日にかは、この国でもっとも裕福な地主になるはずの人でした。それでも私は、一度も悲しみませんでした。それどころか、のちには、しばしば、中程度の財産しかない身分の自由と幸福とを感じたことでした。貧しさは、人をむち打って勤勉と労働におもむかせ、気を散らせないようにし、高貴な誇りを注ぎこんでくれます。つまり、自分で働いてお金を得ているという意識が、身分と財産に守られて安楽にやっている他の人に対して、負けない気持ちにさせているのです。

私はこの主張を、もっと一般化して考えたいと思います。そもそも、ドイツ人がなしてきたことの多くは、ドイツ人が豊かな民族ではないことに帰する、といいたいのです。他の民族が幅の広い、りっぱに舗装された大道をのんびり歩いているというのに、ドイツ人は、こつこつ働いて下からせりあがり、たくさんの独自の道を切り拓いています。

マールブルクで、私は順々に、ベーリング先生のもとで論理学と自然法を（両方とも真実の果実は与えてくれませんでしたが）、ヴァイス先生のもとでユスティニアヌス帝の法学提要、つまりユスティニアヌス法典を学び、最後にはラテン語の予備試験を受けました。エルクスレーベン先生のもとではユスティニアヌス法典と教会法を、ローベルト先生のもとではローマ帝国史、国家法、封建法と演習を、バウアー先生のもとではドイツ私法と刑法を学びました。この先生方のなかでは、ヴァィス先生のゆかいな、博識な講義にもっともひかれました。エルクスレーベン先生の講義は単調で、すでに時代おくれの流儀でした。

けれども、サヴィニー先生の講義に関しては、私が強烈にひきつけられ、私の一生と全学問に決定的影響を及ぼした、という以外、いいようがありません。私はサヴィニー先生のもとで、一八〇二年から三年にかけての冬に、法律学の方法論と法定相続法の講義を聞きました（一八〇二年夏に、彼によって講義された遺言による相続法は、他の学生のノートを借りて写し、追いつきました）。一八〇三年夏学期、ローマ法制史、一八〇三年から四年にかけての冬学期、ユスティニアヌス法学提要と債権法。一八〇三年に、所有に関する本が出版され、熱心に読まれ、研究されました。当時、サヴィニー先生は、講義で、聴講者たちに、法律のむずかしい個所の解釈を課題として与えたものでした。そして、提出された研究には、まず、提出されたその原稿の上に文章で批評し、それから公開で批評したものでした。はじめの頃、私が書いたレポートのひとつに、相続財産に関するものがありましたが、私は提示された問題を完全に理解し、正しく解きました。それが私にとって、このうえない喜びであり、私の勉強にどれほどはげみを与えたかは、特にいわなくとも、おわかりいただけるでしょう。このレポートがきっかけで、サヴィニー先生宅をたびたび訪問するようになりました。先生の、当時すでに選びぬかれた本が豊富に並べられていた自宅の図書室で、私は法学以外の本にもめぐり会いました。例えば、中世ドイツの宮廷歌人ボードマーによる版本は、のちに、私が幾度も手にとってみることになりました。また、宮廷歌人についてのティークの本とその感動的な序文とが私を興奮させました。一八〇四年夏、サヴィニー先生は大学をやめて、文学研究のため、パリへ旅立たれました。

年をとればとるほど、ひとは誰でも、青春時代を、のちに体験したものとくらべて賞讃し、模範的だったと考える誘惑におちいりがちです。私たちは、若い時代の最初の力と純粋な意志を、もっとも確かなものと感じます。そしていたるところで、他の人びとからも、あたたかく迎え入れられるものです。

私も、当時マールブルクに学ぶ者たちを支配していた精神を讃美したいと思います。当時のそれは全体として、みずみずしい、とらわれのない精神でした。ヴァハラー先生の歴史と文学史の卒直な講義は、多くの学生に生き生きした印象を与え、特に、先生が大講堂で毎週おこなった公開講義は、満場の大喝采を博しました。

国家の大権が、その後、目に見えて学校と大学の監督に介入してきはじめました。国家権力は、強制的試験を大量に課することによって教育機関の監督は達せられると妄想し、教員を不安におびえさせています。私には、このようなきびしい考え方は、将来ゆるまるだろうと思われます。そのような監督が、まさに飛躍せんとしている人間の自由の翼を切りつめ、これからの人生にとって役にたつ、無邪気な、自由にふるまう能力―それはあとになればもうもどってこない―を制限してしまうことは明らかです。ふつうの才能ははかることができるかもしれませんが、特殊な才能はそれがきわめてむずかしいし、天才はそれがまったく不可能だということは確かです。

ですから、たくさんの履習規則がもし厳格におこなわれるならば、みんな同じ姿をした型にはまった人しか生まれません。国家は、むずかしい重大問題に直面したとき、そのような人からは、なんの力もかりられないのです。確かにそうすることによって、まずい面が学校と大学から排除されるでしょう。けれども、おそらく、よい面、すぐれた面もそれによって抑制され、ブレーキをかけられるでしょう。平均的にいって、今日の生徒は、以前より深い知識をもって大学にはいります。しかし、それにもかかわらず、全体的にみて、勉学にある種の中途半端があらわれています。

すべてのことが、あまりにも予見され、あらかじめ手はずが整えられていすぎるのです。学生の頭の中さえも。学期中の勉強は、知らず知らずのうちに試験向きになっています。学生は、成績証明書を必要とする講義はすべて聴かなければなりません。しかし、それがなければ、きっと聴かない講義がいくつもあるでしょう。その理由は、講義する教授が魅力的でないか、あるいは、学生が別の興味をもっているということでしょう。他方、学生にとっては、規則できめられた以外の講義を聴く時間は、もうほとんど残されていません。国家は、こうすることによって、ある種の講義に、いわば公認の刻印を押し、付随的に聴くことのできる他の講義を、軽んじているのです。もし学生たちが、独力で、自分の考えに従って、パンのために必要な講義と他の講義との間に、それと似た区別をつけるとしたら、事情は全然違うことになるでしょう。なぜなら、学生は誰でも、特別に免除してとらない講義とか、例外としてとる講義などを、気の向くままにつくることができるからです。どうか、教授自身には、何をいかに講ずべしという規則ができませんように！

一八〇五年一月、ヴァイス先生を通じて、思いもかけない申し出を受けました。サヴィニー先生が、すぐパリに来て、文学研究の仕事を手伝ってくれ、と言ってきたのです。私は大学での最後の半年の勉強をしていたので、復活節か夏に出発しようと思ったのですが、サヴィニー先生ともっと親しくなれそうだし、フランスへの旅があまりに魅力的だったので、すぐに決心し、何はさておき、母と叔母に手紙を送り、承認を求めました。

それから二、三週間後には、私はもう郵便馬車に乗り、マインツ、メッツ、シャロンを通って、二月初め、無事パリに到着しました。のちに妹から聞いたところでは、やさしい母は毎晩ベッドから起き出て、寒い夜空を跳めていたそうです。旅行を認めてくれたのも、ひそかなる不安を押し殺してに他なりません。フランスは、母にとってはこの世の外に思えたのです。けれども私は、パリで手厚く迎え入れられ、春と夏を、このうえなく快適に、また学ぶところ多くすごしました。

私がサヴィニー先生から得たものは、私の方から先生に貢献しえたことを、はるかにこえています。その後何年もたってから、先生は、『ローマ法制史』の第一巻の序文で、私の貢献を公けに認めてくださり、私はたいへんうれしく思いました。その後絶えず続けられている手紙の往復も、私たちの親しい間柄の結果であります。

一八〇五年九月、帰国の途につき、その月の終り、マールブルクに立ち寄ってヴィルヘルムをさそい、二人そろって、元気にカッセルの母のもとに帰りました。母は、私の留守中に、老後を子どもたちにとり囲まれて静かにすごせるようにと、シュタイナウからカッセルへ移り住んでいたのでした。

その冬のうちに、私の職さがしを始めました。私は政府の試補か書記になりたいと思いましたが、どこもだめでした。そして、かろうじて、戦時司令部の書記局の見習いの職を得、百ターラーの俸給をもらうようになりました（一八〇六年一月頃）。

三か月前までパリでしていた仕事にくらべると、山ほどのたいくつな仕事は、いっこうにおもしろくありませんでした。それに、ニューモードのパリの衣裳とは反対に、これからは固苦しい制服を着て、髪粉と弁髪をつけなければなりませんでした。それでも私は満足で、ひまな時間はできるだけ、中世の文学と詩学の勉強に向けました。パリにいる頃にも、手稿本を利用したり、閲覧したり、また希覯本を買い入れたりするうちに、中世文学と詩学への関心があおりたてられていたのです。

こうやって丸一年がすぎないうちに、思いもかけなかった嵐（注1）が私たちの祖国を襲い、私もまともにそれに巻きこまれて、はいったばかりの仕事場から追い払われることになりました。フランス軍の占領下にはいるとすぐに、私が勤めていた戦時司令部の部局は、フランス軍の食糧補給委員会に変わりました。フランス語がしゃべれたので、私は他の人より役にたちました。それで面倒な仕事の大半が私の肩にかかってきて、半年間というもの、昼も夜も休みなく働きました。

当時私たちの町にあふれていたフランスの委員や政府役人と長いことつきあうことにほとほと疲れはて、新しく設置される機関でこれ以上同じ部局に雇われることは、どんなことがあってもやめようと決心し、仕事のひと区切りがついたところで私は辞職しました。それでしばらくの間無職になり、母や弟、妹の暮しを楽にしてやることが、前よりいっそうできなくなってしまいました。

私はカッセルの公共図書館の職を得ることができると思っていました。というのは、私は古文書を読むのになれていたし、独学で文学史に詳しくなっていたからです。それに、この分野では割に役に立てるだろうと自分で感じていたからです。一方、わが国の法学が今にも受けいれそうになっていたフランス法を習得することは、私にはどうしてもいやなことでした。

けれども、希望していたポストは他の人に決まってしまいました。そして、一八〇七年という悩み多い年がすぎ去り、新しい年が、いくつもの失望を伴って始まったとき、私は、私の全生涯のもっとも深い悲しみを受けなければなりませんでした。一八〇八年五月二十八日、私たちみんなが愛し、たよりにしていた母が、五十二歳という若さで亡くなったのです。悲しみにうち沈んでその死の床のまわりに立ちつくした六人の子どもの誰からも、十分にその労を慰められることなく。母があと、二、三か月生きていてくれれば、私のよくなった状態を心から喜んでもらえたのに！

私は、ヨハネス・フォン・ミュラー氏の推薦で、当時の国王の書記官長クサン・ド・マランヴィーユ氏に引きあわされ、カッセルのヴィルヘルムスヘーエに創立された王室図書館の管理に適任である、とされました。きっと、他によい競争相手がいなかったのでしょう。そうでなければ、こんな地位が私にさずけられることはありえなかったと思います。私は一八〇八年七月五日、そこに着任しました。その仕事に対する私の能力は誰からもテストされませんでした。王室書記局の活動方針は、つぎのことばにすべていいつくされています。貴殿は、門の上に大きな文字で、王室特別図書館とかかげさせなさい。

私はまもなく二千フランの給料をもらうようになりました。そして二、三か月後には、三千フランに昇給しました。想像するに、私の仕事ぶりに上司が満足したからでありましょう。それからまたしばらくの時がたった頃、ある朝、私は、国王自身から、参事院の法務官に任命され、あわせて図書館の仕事を、主任として司るようにと申し渡されました（一八〇九年二月十七日)。当時、参事院の法務官の職は特別な幸運で、昇進の早道でした。そのうえ、給料は千フラン増額されていたので、一年前には一ペニヒもかせいでいなかった私が、今や、千ターラー以上の給料を享受することになりました。こうして、生活の心配はまったく消えうせました。

そのうえ、図書館員としての私の仕事は、すこしもたいへんではありませんでした。ほんの二、三時間、図書館あるいは参事院にいればいいだけで、しかもその間さえ、新規納入の本を処理してしまえば、おちついて、自分のために読書をしたり、抜き書きしたりすることができました。国王からの本の請求とか調べものの請求はめったになかったし、他の人に貸しだすこともありませんでした。残った時間はすべて私のものでした。私はその時間を、遠慮なく、古代ドイツの詩と言語の勉強についやしました。というのは、参事院は、刺繍をした豪華な制服を着て会議に陪席すること以外、私にほとんど用をいいつけなかったし、やがては、国王自らが座長をつとめるとき以外は、私も会議に出席する必要がないことがわかりました。私はいろいろなつきあいからうまく逃れたし、国王がしばしば数か月にわたって不在のことがあったので、誰にもじゃまされない生活を送ることができました。

国王について、私は悪くいうことはできません。彼は、私に対してはつねに親しく、礼儀正しくふるまいました。最後の数年には、特に、参事院における唯一のドイツ人である私には、他の参事院職員に対してほどの信頼をおいていなかったようですが(他の職員はすべてフランス人だったのです)、それは自然なことだと思います。

参事院書記ブリュギエール氏(のちのソルザム男爵)は、まもなくあのクサン・ド・マランヴィーユ氏の後任者となったのですが、そのブリュギエール氏が私のことをかばってくれなければ、私はやはりその地位から遠ざけられたことでしょう。この人は教養のある人で、自ら著作もしました。そして、イギリス文学ばかりか、翻訳のある限りオリエントの文学についても博識でした。私に対して、彼は特に友だちのようにつきあってくれました。のちにパリで再会したことがあります。彼は四、五年前に亡くなりました。

とはいえ、その間にはいやなこともありました。ある朝、ヴィルヘルムスヘーエ城(当時は占領者の名をそのまま冠してナポレオンスヘーエ城)の、図書館のあった大広間を、別の用途のために大急ぎで衣がえしなければならなくなりました。本をどこかよその場所に保管するなどということはまったく顧慮されませんでした。私はただちに、一日半の間にあらゆる書棚の本を片づけ、あらゆる本を乱雑につみあげ、よしあしを考えるいとまもなく、大きな、ほとんどまっくらな地下室へひきずって行かせました。私が本務として心をこめて扱ってきたものが、今やめちゃくちゃに放りだされてしまったのです。けれども、その後まもなく、ごく必要と思われる本、二、三千冊が選びだされて、カッセルの城に、以前からそこにおいてあった本と並んでおかれることになりました。ところがそこでは、もっと大きな危険が待ちうけていたのです。

一八一一年十一月の真夜中、カッセルの城に火事がおきました。私が急いでかけつけたとき、ちょうど図書室の下の部屋が、完全に炎に包まれていました。煙と蒸気のなかで明りを手にもった近衛兵によって、あらゆる本が本棚から出され、大きな麻の布に包まれて、城の前庭に投げだされました。私たちのそばでも足もとでも、あらゆるものがパチパチもえていました。下へおりていくとき、私は小さいらせん階段のところで道を見失い、二、三分間、暗闇のなかで、正しい出口の方向を手さぐりしなければなりませんでした。驚いたことに、なくなったのはごくわずかの本でした。けれども新しい本棚が注文され、組み立てられて、それをおく新しい場所がきまるまで、本はすべて山とつまれたままでした。これは、私にとって、けっして快適な日々ではありませんでした。

一八一三年、戦争がジェローム王の国に迫ってきたとき、カッセルとヴィルヘルムスヘーエにあるもっとも貴重な本を、フランスへ送るために梱包せよという命令がくだされました。私はブリュギエール氏とともにヴィルヘルムスヘーエに赴きました。彼は特に銅版画を梱包しようと主張しました。私は、三十年戦争から始まり、ヘッセンの戦争史にかかわる古文書(それにはグスターフ・アードルフ、アマーリエ・エリーザベト、その他の自筆の文章がはいっていたのですが)を、価値のないものだと説明しようと努めました。その結果、それらは、うまく梱包されないですみました。

ところで、そのとき梱包されたものに、私は一八一四年になって、パリで再び会うことになります。梱包のとき手伝ってくれた守衛(その名はルルー)が、こんどはパリで、ヘッセンの選帝侯のために返還の係りになっていたのです。その守衛は、パリで私にでくわしたとき、目をまんまるくして驚きました。

一八一三年の末、もうほとんど希望のなかった、老選帝侯の復位がやっとのことで実現し、筆舌につくしがたい歓喜がわきあがりました。私にとっても喜びは小さくありませんでした。というのは、ゴータで一度訪ねただけになっていた愛する叔母が、選帝侯夫人のおつきとしてカッセルの町に帰還したのです。私たちは、花輪で飾られたオープンの馬車に、道路を横切ってかけよりました。あの数か月は、すべてが興奮して、はげしく変化しました。

それでも私はまだ受けがよく、連合軍の総司令部へ派遣されるヘッセン国の代表団に、公使館書記官として随行するように、との要請を受けました。私の任命は一八一三年十二月二十三日でした。私のふたりの弟は国境守備隊にはいって戦地へ赴いていましたが、その頃滞在していたミュンヒェンとハンブルクから、それにあわせて、カッセルへ急ぎ帰ってきました。選ばれた代表はケラー伯爵といい、生まれはヘッセンではありません。すでにかなりの年配で、誠意のあるときに頑固で、短気をおこす人でした。ほんとうのヘッセン人の気質には欠けていました。しかし、あのたいへんな時代に、どんな不快なことでも平然と見すごすことのできる人など、ありえましょうか。

私は一八一四年一月、カッセルを出発し、フランクフルト、ダルムシュタット、カールスルーエ、フライブルクを通って、バーゼル、ミュンペルガルト、ヴェズール、ラングル、ショーモン、トロワイエと進みました。そこから、一部の人たちは大急ぎで逃げる形で、ディジョンまで退きました。そこで二週間休んだあと、再び前進して、シャティヨン、トロワイエ、ノジャンを通って、占領されたばかりのパリにはいりました（一八一四年四月）。十年前には、こんなにすぐに、しかもこんな仕方でもう一度パリに来るとは、思ってもみないことでした。

途中、私はあらゆる図書館を、もらさず見て歩きました。そして、パリでは、寸刻をぬすんでは古文書を読みあさりました。そうしているうちに、のちに私の同僚となったフェルケル氏がパリに到着しました。ヘッセン国から運びだされた骨董品と絵画の返還を要求するためです。すでに述べたように、私は、奪われた本を集める仕事を手伝いました。

夏に、私はカッセルに向けて帰国の途につきました。そしてまもなく、こんどはウィーン会議へ向けて、出発の準備をしました。

ウィーンには、一八一四年十月から一八一五年六月まで滞在しました。それは、私の個人的な勉強のためにもむだではなかったし、多くの博識な人との出会いをもたらしてくれた時期でした。私の勉強にとって特によかったのは、その頃、スラヴ語にも親しみはじめたことでした。

けれども、カッセルからは、愛する叔母ツィンマーの死（一八一五年四月十五日）の悲しい知らせがとどきました。彼女は私たちにとって、生き残っている唯一の年とった親戚でしたし、私は彼女に、たくさんのことを感謝しなければならないのでした。

弟たちのもとにもどると、すぐに、こんどはプロシア政府の要請で、二度めの占領状態にあるパリへ行くように求められました。プロシアの各地方から盗みだされた古文書を捜査して、返還要求をしてくれ、そしてかたわら、当時まだパリに全権大使を派遣していなかったヘッセン選帝侯の仕事をいくつか片づけてくれ、ということでした。

この任務は、以前には私をたいへん快く扱ってくれたパリの図書館員との関係を、たしかに不快なものにしました。特に私が書籍返還を迫ったラングレ氏はとても気分を害して、これまでのように、余った時間で図書館で調べものをすることを、もはや認めようとしませんでした。彼はフランス語で、「毎日ここへ仕事に来ては、私たちの手写本を奪っていくこのグリム氏のことを、がまんする必要なんかありませんよ」と公言しました。私はそのときちょうど出して読んでいた古文書を閉じて、彼に返し、それ以後は、勉強に行くことはやめ、私に課せられた任務を遂行するためだけに行きました。

今回のパリ滞在は、ちゃんとしたところに泊り（大学街の、ある弁護士宅）、毎日の費用は市からもらったので、私は、特に、プロシアの大審院判事アイヒホルン氏との親しいおつきあいを楽しみました。氏はちょうど、重病から回復したあとでした。十二月になってやっと、私の仕事は無事終りました。のちにカッセルへもどると、フォン・ハルデンベルク伯爵から、私の仕事に満足している旨の手紙をいただきました（一八一六年八月二十一日）。

このときから、私の生涯のうちでもっともおちついた、勤勉な、おそらくもっともみのり豊かな時期がはじまりました。シュトリーダー氏の死後、私は、以前から望んでいた、カッセルの図書館のポストを得ました。この図書館では、ヴィルヘルムが一年前からはたらいていました。フランクフルトの連邦議会に大使館書記官として採用する、という申し出は、きっぱりお断りしました。私は図書館の副館長になり（一八一六年四月十六日）、従来どおり六〇〇ターラーの給料をもらいました。フェルケル氏は図書館長に昇進しました。図書館は毎日三時間開いているので、それ以外の時間は、自由に勉強できました。本の選定はたいていわたしにまかされていましたが、それもほんのわずかで、勉強の妨げになるというほどではありませんでした。同僚のフェルケル氏とは仲よくやりました。私と弟に、適度な、正当な昇給さえおこなわれれば、それで充分でした。その意味で、私たちには他に望むべきことはほとんどありませんでした。年月は矢のようにすぎていきました。

畏れ多くもヘッセンの選帝侯の亡くなられたあと、図書館の管理体制が改変されました。従来は、図書館員が、決められた基金を毎年現金で受けとって、あとで財務局に領収書を提出していたのですが、この改変によって図書館は高等侍従局の指揮下におかれ、今後の支払いは、その局によって規制され、実行されることになりました。この改変で選帝侯の行政が改善されたことになるのかどうか、私は判断を下したくありません。ただ、この措置によってあらゆる支払いは滞りました。また、有利な買い物のチャンスがあっても、自分のポケットから、人より先に金を出すことができないのですから、図書館員としては、両手をしばられたも同然であった、ということだけは確かです。

その役所は、その後さらに、検閲に必要だからといって、全カタログ（二つ折りの大判紙七十九ないし八十枚から成るもの）の写しを、短期間に提出するよう要求してきました。

異議申立てをしましたが認められませんでした。そこで、老フェルケル氏と弟と私は実際に自分の手で、約半年という貴重な時間をつぶし、何の目的のためかさっぱりわからない写しづくりをしました。人は、何かの役にたつ仕事であるならば、喜んで何でもするものです。しかしこの仕事は、正直に申しますが、私の生涯でもっともつまらない仕事になりました。そして私は何時間も、何日も、機嫌が悪くなるのでした。

図書館のためになったのは、新しく統治の座につかれた選帝侯の命令で、ヴィルヘルムスヘーエの図書の一部（約二〇〇〇冊）が私たちの図書館にひきわたされたことでした。以前のなつかしい本がたくさん、改めて私の手を経ていきました。

一八二九年一月、フェルケル氏が亡くなりました。もっと永生きなさるものと思っていたし、心から永く生きていてほしいと思っていたのですが。

私たちは、当然昇進を求めていいと思っていました。私は二十三年間勤めていました。そして一八一六年以来、一度も昇給を求めたことはないし、昇給されたこともありません。それに、図書館員として、一度も不名誉なことはしなかったと思います。けれども事態はまったく別の方へ動いていきました。

私の記憶するところでは、一八一九年か二〇年に、マールブルクからカッセルへ、史料編纂員として転勤になったロンメル教授が、当時、本職以外に国立資料館長の名で、宮廷資料館の監督をすることになりました。フランス軍による占領の時代まで、この宮廷資料館は古い城の丸天井の部屋にありましたが、一八一四年、やむをえず別の場所へ移され、一八二四年か二五年までそのままそこにおかれていました。それは博物館の一室で、昔の地方伯たちのろう製の彫像がおいてあったのですが、すべてどかされました。その部屋が、資料館受入れのために選ばれたのです。博物館と資料館とのこうしたゆるい結びつきが、こんどは密接な結びつきへと強められることになったのです。ロンメル氏（一八二八年以来、選帝侯の貴族に列せられていましたが）が、従来の地位を保持したまま、図書館長兼博物館長に任命されました。

私は一八一六年から副館長のままで、弟は一八一五年から書記のままでした。ふたりはそれぞれ一〇〇ターラーの昇給を受けました。これで、私たちふたりにとって、将来の昇進への望みは絶たれました。

このことは、ロンメル氏の要求を考慮に入れたとしても、もっと他のやり方がありえたはずです。たとえば、彼が博物館の監督をし、私が適当な俸給で資料館長のポストをもらい、弟が図書館長に任命される、というようなこともありえたでしょうに。

資料館の責任をもち、豊かでありながらあまり利用されないヘッセンの資料館を、好きなようにつくっていくこと、それは図書館の地位よりも、私の内的志向に合うことでした。古くさい、単純な、資料館長という肩書きだけで、私は生涯満足したでしょう。これまで同様、監督権なぞ必要としませんでした。けれども、私は誰からも意見をきかれなかったし、自分から意見を言うこともしませんでした。私は当然のこととして、図書館長の地位を求めました。それはほとんど自明のことと理解されました。ところが、新しい構成が発表されてみると、それはあらゆる控えめな願いさえうち砕くもので、私は深く傷つけられました。

私は、一八一六年に、アイヒホルン氏を通じて間接的に申し込まれた、ボン大学教授のポストを、すぐに断ったことがあります。私はヘッセン国で生き、ヘッセン国で死のうと思っていたので、そういうことで得をしようとは考えてもみませんでした。けれども、その頃の方が、私にとって、学者としての人生にふみ込むには、きっとあとになってからより容易だったし、得だったのでしょう。

ところで、一八二九年夏、ひそかに、ゲッティンゲン大学から名誉ある招聘を受けました。相談にのってもらった友人たちは皆、極力やめるようにといいました。愛する、住みなれた故郷を捨てることは、以前と同様、私たちにはつらく、悲しいことに思えました。そして、よく知りつくした仕事の軌道と、私たちに豊かなみのりを与えてくれる余暇の時間からふみだすことは、ほとんど耐えがたく思えました。けれども、新しい上司は、上司として発言すべきところ、控えるべきところさえ知らないように見えたので、その人との関係に、いくらか耐えがたい、不安なところがありました。そういう雰囲気のなかで、私たちは自ら名誉を重んじ、申し出を無条件で受け入れることを決心したのです。

十月二十日にハノーファーで、国王による正式の任命式がおこなわれ、私は正教授兼図書館長に、私の弟は副館長に任命され、相応な俸給が与えられることになりました。それによって、ヘッセン侯国で勤めていたときの絶えざる生活費の心配に終止符が打たれました。続いて、十月三十日にはもう、カッセルで、私たちの解職令が交付されました。

一八三〇年一月、私たちは当地に着任しました。私たちは、ゲッティンゲンのすべての同僚から、友情を込めて迎え入れられました。この夏、私は最初の講義として、ドイツの古代法制史について講じます。図書館の仕事はたしかにカッセル時代より手間がかかりますが、それなりに得るところがあります。それは、時とともに、もっとはっきり意識するようになるでしょう。

ゲッティンゲンの周辺の景色は、カッセルのそれとは比ぶべくもありませんが、空には同じ星がまたたいています。神はこれからも私たちを助けてくださるでしょう。

さらに、私はここで、私に与えられた数々の栄誉にふれなければなりません（注2）。私はそれらの栄誉にはげまされて、ふみこんだ道を前進しようと思い、与えられた賞讃に価するものになろうと努力したのでした。

私の印刷された著作を数えあげる前に、私の努力はすべて、私たちの古い言葉、詩法、それに法制史の研究に直接的に捧げられているか、または間接的に関係していることを、あらかじめ申しあげておきます。そもそもこれらの研究は、多くの人の目には不毛のものと映ったかも知れないし、これからも映るかもしれませんが、私には、いつも重要な、まじめな課題と思われました。それは必ず、そしてしっかりと私たちの共通の祖国にかかわるものであり、祖国への愛をつちかうものです。困難は主として、ほとんどの原資料がまだ出版されていないか、あるいは無批判にしか出版されていないことでした。それでわたしたちはたいへん苦労して、費用をかけて古文書の保存をしなければならず、自分の手で書き写すことをきらってはいられませんでした。

とはいえ、このような書写に費した時間は、けっしてむだではなく、そのおかげで正確に理解できるようになり、不確かな点、あるいは問題のある点を浮かびあがらせることができました。

つねに私の念頭にあったもうひとつの原則は、これらの調べもののなかで何も過小評価しないこと、それどころか、小さいものは大きなものの説明に、民衆の伝承は書かれた記念碑の説明に必要である、ということでした。

つぎの著作目録のうち、※印のついたものは、弟ヴィルヘルムといっしょに書きあげ、編集したものです。少年の頃から私たちは、兄弟として財産を共有してきました。お金も本も、集められた書き抜きも、ふたりに共同のものでした。ですから私たちの仕事も、共同でおこなうのが自然でした。それは、私たちふたりにとって必要でもあったのです。著作活動のこのような結合は、特に一定の時期にふさわしいものです。つまり、異った考え方がまだ明瞭に特徴づけられていない時期、互いにかけはなれた才能にせよ、近い才能にせよ、いずれにせよ、まだ十分な発展をとげていない時期には。のちにはまた、独立に著作をものすのがいいこともあります。そのばあいにも、相手の仕事への継続的な、相互の、そして深い関心がそこなわれることはありません。もしここで、私の弟を賞讃することが許されるならば、私はそれを他の人よりはるかによくできるでありましょう。

(注1) 1806年にヘッセン国はフランス軍に占領され、ヴェストファーレン王国の一部となってしまう。翌年になるとナポレオンの弟ジェロームがカッセルに入場し、ヴェストファーレン王となった。

(注2) 以下、ヤーコプの受けた賞や称号が列挙されているが、後出の著者目録とともにここでは省略した。

〈出典〉本翻訳は『ドイツ・ロマン派全集第１５巻　グリム兄弟』（国書刊行会、１９８９年）に掲載された小澤俊夫訳「自叙伝」の再録である。再掲載するにあたって、原文の注は必要なものだけ残して、省略させていただいた。

おわりに

本書のベースになっているのは、口承文芸学者の小澤俊夫先生が毎年主催している「グリム童話の旅」である。著者は１９９７年にこの旅に初めて参加し、２０００年頃からはほぼ毎年、この旅行のアシスタントとして、グリム兄弟のゆかりの地やメルヒェン街道沿いの町々を回ってきた。その時の経験が本書のもとになっている。

各町でグリム兄弟が住んだ家や通った学校などの住所といった細かい情報は、カッセルのグリム兄弟博物館の館長であるベルンハルト・ラウアーの論文 Brüder Grimm-Stätten heute. Authentische Orte, alte und neue Mythen. In：Jahrbuch der Brüder Grimm-Gesellschaft. Bd. 13-14. (2003-2004), 2006, S. 7-54. やグリム兄弟生誕２００年を記念して出された Dieter Hennig u. Bernhard Lauer(Hg.): 200 Jahre Brüder Grimm. Die Brüder Grimm. Dokumente ihres Lebens und Wirkens. Kassel: Weber&Weidemeyer, 1985. などを参考にした。グリム兄弟に関することは、彼らの伝記的事項について調べていることもあって、かなり注意を払って書いたつもりだが、それでも何かしらの不備や誤りがあるかと思う。大方の御叱正を賜れば幸いである。

本書を書くにあたって、様々な人にご協力をいただいた。まず、第Ⅱ期福岡昔ばなし大学実行委員の三角綾さんには、たいへんお世話になった。本書の記事のおおもとになっている情報の幾つもが彼女によって提供されている。また、ハンス＝イェルク・ウター先生には、図版資料を提供していただき、また、ハーメルンに関してかつて行った講演録を使わせていただいた。この講演録の訳者である間宮史子さんにも翻訳の使用を快く許可していただいた。また小峰書店には『語るためのグリム童話』より6編のお話の使用の許可を、国書刊行会からはヤーコプ・グリムの「自叙伝」の使用を許可していただいた。ここで皆さんにはあらためて感謝したい。

本書に使われている写真は断り書きが無い限り、ほぼ著者が撮ったものか、昔ばなし研究所が撮影したものであるが、一部、撮影者が不明のものがある。それは、グリム童話の旅の終了後、親切な参加者が著者に提供してくれた写真なのだが、月日が経ってどなたが提供してくれたのかわからなくなってしまった。心当たりのある方は著者まで知らせていただければと思う。

編集に関しては、小澤昔ばなし研究所の高橋尚子さんをはじめスタッフの皆さんには最後の最後までお世話になった。そして、この案内書の企画を出してくださった小澤俊夫先生には、ヤーコプの「自叙伝」の翻訳を提供していただいたうえ、常に親切に制作を励ましていただいた。この場を借りて心より感謝したい。

２０１４年６月２３日

小林将輝

著者略歴

1973年、山梨県生まれ。東京大学大学院総合文化研究科博士課程単位取得退学。駿河台大学現代文化学部准教授。専攻はドイツ旅行文学、グリム童話、観光学。

論文に「鑑賞される自然　ヤーコプ・グリムのイタリア・スカンジナビア旅行における旅行記録」(『白百合児童文化』XVI号、2007年)、「H. C. アンデルセン『一詩人のバザール』における絵画的世界」(『学習院大学ドイツ文学会　研究論集』第13号、2009年)、翻訳にアルフレート・ヘック「マールブルクの学生時代のグリム兄弟」(小澤昔ばなし研究所『子どもと昔話』9、10、11号、2001~2002年)など。また、グリム兄弟の伝記記事「グリム兄弟の足跡を訪ねて」を『子どもと昔話』(小澤昔ばなし研究所)に連載している。

グリム童話の旅　グリム兄弟とめぐるドイツ

2014年8月1日　初版発行
2015年8月1日　第2刷発行

著　者　小林将輝
協　力　三角綾
イラストマップ／カバーカット　オカダン・グラフィック

発　行　有限会社　小澤昔ばなし研究所
〒214-0014　神奈川県川崎市多摩区登戸3460-1　パークホームズ704
TEL　044-931-2050 E-mail: mukaken@ozawa-folktale.com
発行者　小澤俊夫
印　刷　吉原印刷株式会社
製　本　株式会社 渋谷文泉閣

ISBN 978-4-902875-63-8 Printed in Japan

Traveling with the Brothers Grimm in Germany
written by Shoki Kobayashi
published by Ozawa Folktale Institute, Japan